Paasilinna   Im Jenseits ist die Hölle los

Aus dem Finnischen von Regine Pirschel

Arto Paasilinna
Im Jenseits ist die Hölle los

Roman

editionLübbe

editionLübbe
ist ein Imprint der Verlagsgruppe Lübbe

Die finnische Originalausgabe erschien 1980 unter dem Titel
HERRANEN AIKA bei WSOY, Helsinki, Finnland

Aus dem Finnischen von Regine Pirschel

Satz: Kremerdruck GmbH, Lindlar-Hartegasse
Gesetzt aus der DTL Documenta
Druck und Einband: GGP Media, Pößneck

Printed in Germany
ISBN 3-7857-1552-8

5 4 3 2 1

Sie finden die Verlagsgruppe Lübbe
im Internet unter: www.luebbe.de

1

Mein Tod kam für mich völlig überraschend. Es war ein Nachmittag im August, ich befand mich auf dem Heimweg von meinem Arbeitsplatz, der Redaktion einer Zeitung, und ging durch die Kaisaniemenkatu. Meine Stimmung war heiter, und ich fühlte mich absolut vital. Ich war damals erst dreißig Jahre alt. Kaum je in meinem Leben hatte ich ernsthaft an die Möglichkeit gedacht, dass ich unverhofft sterben könnte, plötzlich und unwiderruflich.

Doch genau das geschah.

Die Straße war voll fröhlichen, oberflächlichen Lebens. Die Kaisaniemenkatu mit ihren Kaufhäusern und Modegeschäften war eine Flaniermeile für die eitelsten und schönsten Frauen der Stadt, sonnengebräunte, törichte Geschöpfe, die vor allem darauf aus waren, den Männern zu gefallen. Es machte in der Tat Vergnügen, ihren Gang zu beobachten, ihre Waden und Schenkel zu betrachten. Auf diesem Teil der Straße roch es nicht nach Abgasen, sondern nach Madame Rochas, nach den Parfüms von Dior, nach Max Factor.

Ich studierte das Straßenleben wohl ein wenig zu intensiv, ja, ich wich sogar auf die Fahrbahn aus, um so, abseits vom

Gedränge, die Beine einer Frau besser betrachten zu können. Ihre straffen Waden hatten meine Aufmerksamkeit erregt. Ich ging schneller, um einen Blick auf ihr Gesicht zu erhaschen. Denn ich bin ein gründlicher Mann, mich interessieren nicht nur die Beine, sondern auch die Augen, die Miene. Der Gesamteindruck ist entscheidend.

Ich habe das Gesicht jener Frau zu Lebzeiten nicht mehr gesehen, denn plötzlich überfuhr mich ein Auto, dass es nur so krachte.

Ich wurde von dem Zusammenprall auf den Bürgersteig geschleudert, dort schlug ich auf den Steinen auf und blieb hilflos liegen. Der Aufprall tat furchtbar weh, in meinem Kopf knackte es. Und sofort ließ der Schmerz nach.

Eine Weile war es ganz schwarz.

Dann sah ich, was geschehen war. Mein Körper lag auf dem Bürgersteig, der Verkehr war zum Erliegen gekommen. Die Frau, der ich gefolgt war, hatte die Geräusche des Unfalls gehört und kam neugierig zurück. Jetzt sah ich ihr Gesicht, es war völlig nichts sagend. Ich begann mich zu ärgern: Wegen dieser Schnepfe war ein kompletter Mann unters Auto geraten!

Der Wagen, der mich überfahren hatte, hielt am Straßenrand. Der Fahrer betastete den verbeulten Kühlergrill. Einer der Scheinwerfer war zersplittert, der Mann wischte mit dem Taschentuch Blut herunter. Vom Bahnhofsplatz näherte sich eine heulende Ambulanz.

Eine Menschentraube umringte meinen Körper. Irgendjemand drehte mich auf den Rücken und hielt mir einen

Taschenspiegel vor den Mund. Ein anderer lockerte meine Krawatte. Erschüttert beugte ich mich über mich, um zu sehen, ob der Spiegel beschlug.

Die Spiegelfläche blieb klar. Ich sah in meine Augen: Der Blick war leblos, die Pupillen geweitet, ganz offensichtlich war ich tot.

Kurz darauf traf die Ambulanz ein. Die Sanitäter fühlten rasch meinen Puls, schüttelten den Kopf. Sie legten mich auf eine Trage und schoben diese in den Wagen, alles ohne Eile, tot war tot. Dann fuhr die Ambulanz davon, um meinen Körper in die Klinik zu bringen – das Martinshorn war nicht eingeschaltet.

Nach einigen Minuten erschien die Polizei, um die am Unfallort zu treffenden Maßnahmen vorzunehmen. Die Zuschauer zerstreuten sich, die Show war vorbei. Der Portier des Warenhauses fegte auf der Straße die Glasscherben zusammen, und der Hausmeister kam mit einem Wasserschlauch, um die wenigen Blutspuren vom Bürgersteig zu spülen. Der Mann, der mich überfahren hatte, erklärte den Polizisten, dass die Schuld an dem Unfall bei mir gelegen habe. Er betrachtete traurig die Schäden an seinem Wagen.

Ich war also tot.

Der Gedanke erschien mir unfassbar. Wieso ausgerechnet ich? Ich hatte große Mühe, mich an die Situation zu gewöhnen.

Welchen Sinn machte es, auf diese Weise zu sterben, einfach so aus Versehen? Diese Sinnlosigkeit und die banale

Art meines Todes begannen mich zu ärgern. Wem nutzte dieser Tod? Hätte ich es nicht verdient gehabt, wenigstens noch zehn Jahre zu leben? Dann hätte ich beweisen können, dass ich ein ernst zu nehmender Mensch gewesen war und nicht nur ein Tagedieb.
Hätte nicht irgendeine unbedeutendere Person an meiner Stelle sterben können? Jetzt konnte ich nichts mehr zu Ende bringen – dabei war ich eigentlich noch gar nicht dazu gekommen, etwas Wichtiges und Spürbares, etwas Bleibendes überhaupt in Angriff zu nehmen. Ich fühlte mich betrogen. Und für ein solches Ende hatte ich nun mehr als dreißig Jahre gelebt?
Ich überlegte, was ich jetzt anfangen sollte. Vielleicht war es am klügsten, den Dingen ihren Lauf zu lassen? Ich stand unschlüssig und tief erschüttert auf der Straße und fragte mich, ob irgendein lebender Mensch ahnte, was ich in diesem Moment durchmachte. Doch sofort schalt ich mich für diese törichten Gedanken: Die Lebenden konnten ja gar nichts vom Tod wissen. Denn wüssten sie etwas davon, wären sie nicht mehr am Leben.
Sollte ich einfach den unterbrochenen Heimweg fortsetzen, so als wäre nichts geschehen, so als wäre ich gar nicht gestorben? Das erschien mir irgendwie logisch. Vor dem Unglück hatte ich zwar beschlossen, in eine kleine Gaststätte auf der Liisankatu einzukehren und ein paar Bier zu trinken, ehe ich zu meiner Frau heimgehen würde. Doch reizte mich jetzt, nach meinem plötzlichen Tod, der Gaststättenbesuch nicht mehr. Wahrscheinlich wäre das

auch eher unpassend gewesen: Man stirbt und geht gleich anschließend in die Kneipe. Davon abgesehen hatte ich auch überhaupt keinen Durst mehr. Der Wunsch, kühles Bier zu trinken, war anscheinend in meinem toten Körper geblieben, und dieser wurde gerade mit der Ambulanz in die Klinik geschafft.

Plötzlich erschrak ich: Würde ich meinen Körper überhaupt wiederfinden, wenn ich mich nicht sofort darum kümmerte, wo er verblieb? Sicher war es das Beste, der Ambulanz zu folgen, die in Richtung Hakaniemi davongefahren war. Ich stürzte los und stellte sofort erfreut fest, dass ich mich so schnell wie ein Gedanke bewegen konnte. Im Nu war ich in Hakaniemi, am Tierpark und in Alppila, wo ich die gemächlich dahinfahrende Ambulanz einholte.

Durch das teilweise sichtgeschützte Fenster sah ich meinen Körper, der Kopf war von einem Tuch verdeckt. Ich erkannte mich dennoch am Anzug und an der Aktentasche, die auf meinem Bauch lag. Wie ich wusste, trug ich einen hellbraunen Sommeranzug und neue braune Schuhe, die ich mir zwei Tage zuvor gekauft hatte. Der Kauf erschien mir jetzt überflüssig, denn die Schuhe waren teuer gewesen und die alten hätten noch gut die letzten beiden Lebenstage überstanden. Aber wie hätte ich das ahnen sollen! Andererseits – bei näherer Betrachtung war ich trotzdem zufrieden, denn so war ich nun nicht nur mit einem gut sitzenden Anzug bekleidet, sondern trug auch nagelneue Schuhe. Zum Glück hatte ich mir außerdem

morgens das Haar gewaschen, sodass ich eigentlich ein ziemlich adretter Leichnam war.
Die Ambulanz fuhr zur Klinik von Meilahti, und mein Körper wurde hineingetragen. Im Behandlungszimmer untersuchte mich rasch der Dienst habende Chirurg und stellte meinen Tod fest. Man öffnete meine Aktentasche, sie enthielt nichts Besonderes: ein paar Zeitungen, Notizen für einige Artikel, zwei Bücher, ein Glas mit eingelegten Zwiebeln.
Ich habe eingelegte Zwiebeln immer gemocht. Meine Frau kaufte sie nie, sodass ich mir angewöhnt hatte, ab und zu selbst ein Glas mitzubringen. In diesem Moment ertappte ich mich bei dem Gedanken, dass wir, meine Frau und ich, gar nicht viel gemeinsam hatten. Wir hatten ein gemeinsames Bett, eine gemeinsame Adresse, und das war's eigentlich. Obwohl – immerhin. Und nun hatte ich meine Frau also zur Witwe gemacht, nun war sie mich und meine eingelegten Zwiebeln los.
Der Chirurg konstatierte, dass ich an einem Schädelbruch gestorben war. Etwas Ähnliches hatte ich mir schon gedacht, denn in meinem Kopf hatte es mächtig geknackt, als mich das Auto überfahren hatte. Der Arzt drehte mich auf die Seite, und aus meinem Mund floss ein wenig Blut auf die Trage – kein sehr angenehmer Anblick.
Dann wurde mein Portemonnaie untersucht. Es war mir peinlich, zusehen zu müssen, wie mein Geld gezählt wurde, denn es war nur wenig: knapp fünf Euro. Ich war in jeder Hinsicht ein unbedeutender Leichnam. Hätte ich

gewusst, dass ich gerade heute unter ein Auto gerate, hätte ich gleich morgens bei der Zeitung gekündigt und mir mein Gehalt auszahlen lassen. Das Geld hätte ich in mein Portemonnaie gesteckt, sodass ich zumindest kein bettelarmer Leichnam gewesen wäre. Vielleicht hätte sich der Portier oder der Arzt im Krankenhaus ein paar Hunderter stibitzt? Derartiges war in Finnland bereits vorgekommen: Pathologen hatten den Toten Ringe, Uhren, Goldzähne gestohlen. Schließlich war Leichenfledderei insofern eine gut kalkulierbare und sichere Angelegenheit, als das Opfer den Täter niemals anzeigte.

Im Büro füllte die Sekretärin ein Formular aus, meine persönlichen Daten entnahm sie meinem Pass. Ich beugte mich dabei über ihre Schulter und las mit. Nicht einmal sterben konnte man, ohne dass sofort diverse Formulare ausgefüllt wurden.

Als die Sekretärin fertig war, erkundigte sie sich beim Arzt, ob sie jetzt die Angehörigen, in diesem Falle meine Frau, informieren solle. Kinder hatten wir ja zum Glück nicht.

Der Arzt riet ihr, mit dem Anruf noch zu warten. Der Leichnam müsse erst gewaschen werden, ehe die Ehefrau benachrichtigt wurde.

»Wir säubern ihn ein wenig und schieben ihn in den Kühlraum. Informieren Sie seine Frau in etwa einer halben Stunde«, sagte der Arzt.

Jetzt war Eile geboten. Denn ich musste unbedingt anwesend sein, wenn zu Hause die Nachricht von meinem Tod eintraf. Ich fragte mich, wie meine Frau wohl reagieren würde. Würde sie womöglich in Tränen ausbrechen, sich vor Schmerz die Kleider vom Leibe reißen? Oder einen Schock bekommen und in verzweifelte Apathie versinken? Wohl kaum – aber bald würde ich es wissen. Vielleicht würde sie wenigstens ein bisschen weinen. Immerhin war ich ihr Mann gewesen, das musste doch eigentlich eine gewisse Bedeutung haben!

2

Ich verließ das Krankenhaus. Im Handumdrehen war ich daheim in Kruununhaka. Meine Wohnung befand sich in der vierten Etage. Im Hausflur hielt ich Ausschau nach dem Fahrstuhl, der wie üblich nicht dort war, wo man ihn brauchte. Ich versuchte den Knopf zu drücken, doch die Automatik reagierte nicht. Daraus schloss ich, dass der Mensch körperlos wird, wenn er stirbt: Er sieht seinen Finger, den man dennoch nicht als Finger im üblichen Sinne bezeichnen kann.

Ich kniff mir in die Wange und verspürte nicht den geringsten Schmerz.

Auf der Treppe probierte ich dann noch etwas anderes aus: Ich ließ mich absichtlich auf die Stufen fallen, so schwungvoll ich nur konnte. Mir passierte überhaupt nichts. Es heißt immer, dass Betrunkene beim Fallen oft erstaunliches Glück haben. Geister anscheinend auch. Ein nicht vorhandenes Knie schwillt nicht an, und es sammelt

sich kein Wasser darin. Und ein Geist bekommt auch keine Gehirnerschütterung, selbst wenn er seinen Kopf mit voller Wucht gegen Beton rammt. Zufrieden konstatierte ich, dass im Himmel offensichtlich keine Unfälle passierten. Sofern ich jetzt überhaupt im Himmel war.
Ich horchte am Briefschlitz, ob meine Frau schon von der Arbeit gekommen war. Das Radio spielte, sie war also zu Hause. Entschlossen schlüpfte ich durch den Briefschlitz in unsere Wohnung, denn obwohl die Öffnung für einen Mann meiner Größe nur winzig war, passte ich mühelos hindurch.
Meine Frau stand am Herd und kochte Kartoffeln. Sie sah hübsch aus in ihrem blau gestreiften Kleid. Am Morgen hatte sie sich die Haare gewaschen und die Lippen geschminkt. Rein äußerlich wirkte sie ganz passabel, wenn sie sich nur ein wenig Mühe gab. Ihr Charakter war allerdings so eine Sache: Wenn sie wütend war, wurde sie giftig und boshaft, sie war anspruchsvoll, kleinlich und hatte einen Hang zum Nörgeln. Auch war sie, entgegen ihrer eigenen Meinung, nicht besonders intelligent.
Irgendwie gefiel mir der Gedanke, dass ich tot war. Sehr glücklich war unsere Ehe ohnehin nicht mehr gewesen. Über kurz oder lang hätten wir uns wahrscheinlich scheiden lassen. Nun, da ich zufällig gestorben war, hatte sich unter anderem diese leidige Sache von selbst erledigt. So blieben uns der Gang zum Gericht und die Aufteilung des Hausrates erspart, all das, was eine Scheidung so mit sich brachte oder mit sich nahm.

Ich setzte mich aufs Wohnzimmersofa in die Nähe des Telefons. Bald würde der Anruf aus dem Krankenhaus kommen und meine Frau die traurige Nachricht erhalten. Bis dahin würden die Kartoffeln fertig sein, vielleicht hatte sie dann auch schon zwei Teller auf den Tisch gestellt, die Tomaten geviertelt und das Brot geschnitten.
Die Kartoffeln kochten bereits, meine Frau stach mit der Gabel hinein, um zu prüfen, ob sie gar waren. Essen wirst du sie diesmal vermutlich nicht, Verehrteste, dachte ich. Schalte lieber rechtzeitig die Kochplatte aus, bald bekommst du einen Anruf.
Dann klingelte das Telefon.
Ich wollte schon an den Apparat stürzen und mich melden, im letzten Moment begriff ich jedoch, dass das nicht mehr möglich war: Wie sollte ein Geist den Hörer aufnehmen?
Meine Frau eilte aus der Küche herüber. Aufgeregt dachte ich: Jetzt, verdammt noch mal, hörst du etwas absolut Sensationelles.
Es war jedoch nicht der Anruf aus dem Krankenhaus. Ein Bekannter wollte mich sprechen.
»Er ist noch nicht da, kann er vielleicht zurückrufen?«, fragte meine Frau.
So etwas Blödes, wie sollte ich denn noch jemanden anrufen? Meine Frau notierte die Nummer und die Bitte um Rückruf auf einem Zettel und geriet dann, wie üblich, am Telefon ins Plaudern. Sie kicherte, anscheinend machte es ihr Spaß, mit dem Anrufer zu sprechen. Ab und zu strich sie sich das Haar zurück, das ihr in die Augen gefallen war.

Diese Geste hatte sie sich angewöhnt, weil sie sie für sexy hielt. Geziert hielt sie den Hörer zwischen den Fingern mit den rot lackierten Nägeln, und das Gespräch wollte kein Ende nehmen. Ich wurde nervös: Das Krankenhaus versuchte sicher dauernd durchzukommen, um die Nachricht von meinem Tod loszuwerden, und meine verflixte Frau hing am Telefon und blockierte die Leitung. Zum Glück war bald das Zischen überkochenden Wassers zu hören, sodass sie endlich das sinnlose Geplapper beenden, den Hörer auflegen und in die Küche eilen musste, um die Kartoffeln zu retten.

Dann klingelte das Telefon erneut.

Ich war sicher, dass dies der Anruf aus der Klinik war. Meine Frau goss in der Küche die Kartoffeln ab und schimpfte ärgerlich, dass das Telefon dauernd klingelte und ihr keinen Augenblick Ruhe ließ. Es klingelte lange, aber da niemand abnahm, gab der Anrufer schließlich auf, und das Gebimmel verstummte.

Die Nachricht, dass ich nicht mehr lebte, fand einfach keinen Abnehmer, nicht mal bei mir zu Hause. Dieser Todesfall kam mir immer sinnloser vor, ihm fehlte die Dramatik und Schicksalhaftigkeit. Dabei war ein ausgewachsener Mann gestorben, das sollte doch von Bedeutung sein.

Ich war schon im Begriff, die Wohnung zu verlassen, als sich endlich das Krankenhaus meldete und meine Frau erfuhr, was mir zugestoßen war. Sie hörte ungläubig zu und hielt den Anruf zunächst für einen geschmacklosen Scherz, schließlich aber begriff sie, dass ich wirklich tot war. Sie wurde ernst, und ich glaubte, auf ihrem Gesicht einen Anflug von Erschütterung und Trauer zu erkennen.

Nach Beendigung des Gesprächs rannte sie erst mal ins Bad, setzte sich auf die Toilette und pinkelte. Dabei blickte sie in den Spiegel und zog allerlei Grimassen. Anscheinend suchte sie nach einer Miene, die ihrer Meinung nach zu einer jungen Frau passte, die soeben Witwe geworden war.

Meine Frau blieb lange im Badezimmer. Sie rieb sich die Augen, bis sie rot waren. Dann schmierte sie sich ein wenig Wimperntusche auf die Wangen, damit es so aussah, als ob sie geweint hätte. Sie versuchte sogar, wirklich zu weinen, doch das wollte ihr nicht gelingen.

Es kränkte mich, als ich sah, wie wenig ihr die Nachricht von meinem Tod ausmachte. Dass sie immerhin versuchte, Außenstehenden den Eindruck zu vermitteln, sie trauere, war ein zu geringer Trost.

Schließlich zog meine Frau einen schwarzen Popelinemantel an und bestellte ein Taxi, um ins Krankenhaus zu fahren und meine Leiche zu identifizieren. Ich beschloss, mitzufahren. Es interessierte mich, wie ich jetzt, da ich bereits steif geworden war, aussah.

3

Die ersten Tage nach meinem Tod waren voller Überraschungen, eine merkwürdiger als die andere. Schon allein, dass ich mich ungehindert und so überaus schnell bewegen konnte, setzte mich stets aufs Neue in Erstaunen. Ein ums andere Mal musste ich feststellen, dass der Mensch nach seinem Tod noch viel zu lernen hatte.

Ob ich im Himmel oder in der Hölle oder im Fegefeuer gelandet war, interessierte mich nicht besonders. Die Hauptsache war, dass ich irgendwie mein Leben oder mein Dasein, wie immer man es auch nennen mochte, fortsetzen konnte.

Natürlich beschäftigte mich hin und wieder die Frage, wo ich mich eigentlich befand. Weshalb war ich nicht ein für alle Mal tot, sondern existierte als eine Art Geist weiter? Die Antwort darauf blieb jedoch zunächst offen.

Manchmal dachte ich darüber nach, wer in diesem Jenseits wohl die höchste Macht innehatte. Wer leitete alles? Welche war meine Stellung in der Hierarchie, waren die Verhältnisse überhaupt irgendwie geregelt?

Wenn der Mensch geboren wird, ist er ein kleines Baby, das noch nicht einmal sehen kann. Ein Säugling begreift nichts vom Lauf der Welt, stellt keine Fragen, fürchtet sein neues Dasein nicht und wundert sich nicht darüber. Ihm genügt es, an der Brust der Mutter zu trinken und den ganzen Tag zu schlafen. Erst Jahre später beginnt das Kind seine Umgebung zu begreifen und Fragen zu stellen.

Den Tod kann man insofern mit der Geburt vergleichen, als auch mit ihm ein neues Dasein beginnt – ich hatte es gerade erst selbst erfahren. Das Ereignis ist trotzdem komplizierter als die Geburt, denn für gewöhnlich stirbt der Mensch bei vollem Bewusstsein, und er trifft völlig unvorbereitet auf seine neuen Bedingungen. Auf einen Neugestorbenen stürzt eine ungeheure Menge von Fragen ein. Schon weniger reicht aus, um ihn völlig zu verwirren.

Wenn die Menschen erwachsen zur Welt kämen und nicht als Babys, gäbe es ein ziemliches Durcheinander, weil die Neuankömmlinge sofort versuchen würden, sich alle Kenntnisse und Fähigkeiten anzueignen. Durch die Gänge der Geburtskliniken würden bedepperte neugeborene Erwachsene irren und ungeduldig nach dem Grund ihrer Geburt fragen. Außerdem müssten die Mütter dementsprechend größer sein. Eine Frau, die einen ausgewachsenen Menschen gebären sollte, müsste an die dreihundert Kilo wiegen, über vier Meter groß sein und einen Beckenumfang von mindestens anderthalb Meter haben. Mit einer solchen Frau hätte ein Mann von normaler Größe seine liebe Not, im Streit wie auch in der Liebe.

Zwei Tage nach meinem Tod ging ich in den Lesesaal der Helsinkier Stadtbibliothek, um mir anzusehen, was meine Journalistenkollegen über meinen Tod in der Zeitung berichtet hatten. Ich musste dazu den Lesesaal aufsuchen, weil ich mir, geld- und körperlos, wie ich war, keine Zeitung am Kiosk kaufen konnte, und ich war natürlich auch nicht in der Lage, selbst darin zu blättern. Im Lesesaal konnte man als Toter partizipieren, wenn die Leute die Zeitungsseiten umblätterten. Ich musste mich nur hinter den Stuhl eines Lebenden stellen und in seinem Rhythmus die Zeitung mitlesen. Ich hatte es immer gehasst, wenn mir jemand beim Lesen über die Schulter schaute, jetzt aber war ich gezwungen, selbst dieser schlechten Sitte zu frönen.

Im Saal saßen etwa zwanzig Leute an den Tischen und lasen Zeitung. Ein besonderer Umstand setzte mich allerdings in Erstaunen: Hinter dem Rücken eines jeden Zeitungslesers standen eine oder mehrere andere Personen und lasen mit. Ich zählte insgesamt fast hundert Besucher. Sie alle lasen in tiefem Schweigen.

Mir fiel auf, dass die Menschen, die hinter den am Tisch Sitzenden standen, ziemlich altmodisch angezogen waren. Ihre Kleidung schien aus den unterschiedlichsten Zeiten zu stammen. Die meisten trugen die Mode aus den Fünfzigerjahren, aber auch Kleidung aus der Vorkriegszeit war vertreten, bis hin zur Jahrhundertwende. Hinten im Saal sah ich zu meinem Erstaunen sogar zwei zerlumpte Militärangehörige, beide eindeutig Frontkämpfer aus dem Zweiten Weltkrieg. Der eine war Unteroffizier, der andere einfacher Soldat. Sie sahen aus, als wären sie direkt aus der Schlacht in den Lesesaal gekommen.

Diese gemischte Gesellschaft stand stumm da und studierte aufmerksam, gemeinsam mit denen, die die Zeitungen in den Händen hielten, die Tagespresse.

Plötzlich durchzuckte mich ein Gedanke: Vielleicht waren all die, die dort standen, Tote so wie ich? Womöglich gab es im Jenseits außer mir auch noch andere Wesen?
Natürlich! Wieso war ich nur nicht früher auf diese Idee gekommen? Selbstverständlich gierten auch andere Tote nach frischen Nachrichten, und wo sonst, wenn nicht in der Bibliothek, konnte man problemlos die Tagespresse verfolgen. Ich begriff augenblicklich, dass sich die Rolle der Bibliotheken als Wissensvermittler nicht nur auf den Dienst an den Lebenden beschränkte, sondern dass auch Heerscharen von Toten täglich die Lesesäle nutzten. Angesichts dessen wäre es nur recht und billig gewesen, die finanziellen Mittel für die Bibliotheken spürbar zu erhöhen, denn die Lesefreudigkeit der Toten war keineswegs gering zu schätzen. Wüssten die politischen Entscheidungsträger, wie viele tatsächliche Nutzer die Bibliotheken vorweisen konnten, würden sie den zuständigen Fachbereichen bestimmt weit höhere Summen bewilligen.
Ich spürte, wie ich errötete. War ich doch ganz lässig in den Lesesaal gekommen, in dem naiven Glauben, ich sei allein, und jetzt stellte ich fest, dass wir Wesen aus der Geisterwelt zahlenmäßig alle anderen weit übertrafen. Ich versuchte mich auf das Studium der Zeitung zu konzentrieren, doch schielte ich dabei immer wieder heimlich nach den Toten, die um mich herum standen, mich aber nicht weiter zu beachten schienen.
Ich wusste nicht, wie ich mich verhalten sollte. War es angebracht, all die fremden Geister zu begrüßen, oder

war es besser, wenn ich mich abseits hielt und so tat, als gehörte der Besuch im Lesesaal zu meiner Alltagsroutine? Ich fühlte mich überhaupt nicht wohl in meiner Haut: Es war unangenehm, in eine Gesellschaft zu geraten, deren Regeln man nicht kannte.

Einer meiner Mitleser – er stand unweit von mir hinter einem der Lebenden – war ein dicker älterer Mann mit rotem, gedunsenem Gesicht. Er hatte eine gedrungene Statur und sah ziemlich unappetitlich aus. Seine Kleidung war schmutzig, sein ungekämmtes Haar stand wirr nach allen Seiten, und seine letzte Rasur lag schon mehrere Tage zurück. Der Mann musterte mich prüfend und sagte dann leise:

»Sie sind ein Neuer, oder?«

Von diesem heruntergekommenen Kerl angesprochen zu werden erschreckte mich so, dass ich schnell den Kopf schüttelte. Der Mann ließ sich jedoch nicht beirren und fuhr fort:

»Nur keine Scheu. Ich habe Ihr Foto heute in der Morgenzeitung gesehen. Sind Sie nicht der Mann, der vorgestern in der Kaisaniemenkatu von einem Auto überfahren wurde?«

Nun war ich gezwungen zuzugeben, dass er Recht hatte. Unser Gespräch sorgte unter den anderen Toten für Unmut, wahrscheinlich störte es ihre Konzentration. Einige runzelten die Brauen und sahen uns tadelnd an. Im Lesesaal musste auch ein Toter still sein, das wusste ich jetzt.

Der grobschlächtige Kerl forderte mich flüsternd auf, mit ihm hinauszugehen, damit wir uns ein wenig unterhalten könnten. Gleich darauf trat er durchs Fenster auf die Straße und winkte mir, ihm zu folgen.

Wieder lernte ich etwas Neues: Wir Geister waren in der Lage, durch Fensterscheiben zu gehen, ohne dass sie zersprangen. Das Durchdringen des Glases nahm mir vorübergehend den Atem, andere Nebenwirkungen gab es allerdings keine. Mir brannten nicht einmal die Augen, obwohl das Glas stark funkelte …

Draußen gingen wir die Süd-Esplanade entlang. Mein neuer Bekannter erklärte mir die Verhältnisse im Jenseits. Er berichtete, dass auf der Straße Lebende neben Toten gingen, bunt durcheinander. Ich sollte mir die Leute nur genau ansehen, dann würde ich lernen, die »Unsrigen« unter den Lebenden zu entdecken. Er zeigte auf die entgegenkommenden Passanten und sagte:

»Lebender, Lebender, Toter, Lebender, Toter, Toter, Lebender …, da sehen Sie, wie leicht ich die Lebenden von den Toten unterscheiden kann.«

Ich registrierte, dass die Toten im Allgemeinen ärmlicher und weniger modisch gekleidet waren als die Lebenden. Man sah, dass es Finnland wirtschaftlich gerade ausgezeichnet ging. Aber auch die Mienen der entgegenkommenden Passanten sagten viel darüber aus, ob sie lebten oder zu den »Unsrigen« gehörten. Die lebenden Finnen blickten irgendwie ängstlicher und angespannter, waren nervös und in Eile. Die Toten hingegen wirkten – von

einigen Ausnahmen abgesehen – gelassen und zufrieden. Sie hasteten nicht vorwärts, sondern ließen sich Zeit, die Parkanlagen anzuschauen und dem Gesang der Vögel zu lauschen.
Mein neuer Bekannter grüßte einige der Toten, die jedoch nur flüchtig zurückgrüßten; es war deutlich zu merken, dass er nicht besonders beliebt war.
»Das Auge lernt bald, die Lebenden und die Toten zu unterscheiden. Sehen Sie zum Beispiel diesen Mann dort vor dem Gebäude der ehemaligen Schulverwaltung?«
Ich blickte in die angegebene Richtung und entdeckte einen elegant gekleideten alten Herrn mit einem Zylinder, in der Hand hielt er einen Spazierstock mit silbernem Knauf, seine Füße steckten in Lackschuhen und Gamaschen.
»Es ist Cajander, erkennen Sie ihn nicht? Er war seinerzeit der Ministerpräsident Finnlands.«
In der Tat, es war Cajander, der da entlangstolzierte. Er ging an uns vorbei, ohne uns eines Blickes zu würdigen, und wir senkten die Stimmen, als er auf gleicher Höhe war. Wie es schien, gehörten auch im jenseitigen Leben die Herren und Narren zu verschiedenen Klassen. Ich machte eine diesbezügliche Bemerkung zu meinem Gefährten, der nur ironisch sagte:
»Nun, Cajander bleibt eben immer Cajander.«
Mein Begleiter begann ein wenig über sich selbst zu erzählen. Ich erfuhr, dass er schon vor Jahren gestorben war.
»Mein elender Leichnam ist längst verwest … Ich war zu

Lebzeiten Geschäftsmann, nein, eigentlich war ich eher ein Spekulant, ein Wucherer und Schmuggler, all so was. Ich habe wüst und ausschweifend gelebt, was man mir ja auch ansieht.«

Ich gab zu, dass er einen ziemlich verkommenen Eindruck machte.

»Ich war ein verstockter Mensch und in jeder Hinsicht ein Ausbeuter. Ich habe unrechtmäßig ein großes Vermögen erworben, habe andere betrogen, habe getrunken, gerauft, allerlei schlimme Dinge angestellt. Ich war so veranlagt, war von Kindesbeinen an ein rechter Teufel. Schließlich bin ich am Alkohol zugrunde gegangen, und das geschah mir ganz recht.«

Ich bemerkte darauf, dass es ihm, obwohl er am Alkohol gestorben war, jetzt durchaus nicht übel ging. Schließlich spazierte er über die Esplanade, nicht anders als Cajander. Keiner von ihnen beiden hatte Grund zu klagen.

»Sie ahnen gar nicht, wie schwer ich es hier habe. Ständig muss ich mich verstecken. Immer wieder sterben Leute, die ich betrogen habe und denen ich ums Verrecken – entschuldigen Sie den Ausdruck – nicht begegnen möchte. Es ist alles andere als angenehm, in aller Öffentlichkeit seine ehemaligen Verbrechen erklären zu müssen. Ich habe versucht, vor diesen Neuankömmlingen bis ans Ende der Welt zu fliehen, aber wie Sie inzwischen gemerkt haben, kann sich jeder von uns mit der Geschwindigkeit eines Gedankens von einem Ort zum anderen bewegen, flüchten kann also keiner … Ich müsste mich wahrscheinlich in irgend-

einer einsamen Höhle verkriechen, mich in freiwillige Gefangenschaft begeben … So sieht es hier für mich aus.«
Ich fragte ihn, was ihn in den Lesesaal führte.
»Zeitungsberichte interessieren mich nicht, haben mich schon zu Lebzeiten nicht interessiert, abgesehen von den Börsennachrichten. Jetzt lese ich nur die Todesanzeigen, damit ich Vorkehrungen treffen kann, wenn wieder ein alter Bekannter stirbt. Im Frühjahr ist ein rechtschaffener Mann erkrankt, den ich seinerzeit um seinen Bauernhof gebracht habe. Ich fürchte, dass er bald stirbt, und dann kommen für mich schwere Zeiten.«
Der Mann seufzte. Er litt tatsächlich, wie ich jetzt begriff. Also setzte sich die Gerechtigkeit nach dem Tod schließlich doch durch!
Traurig die Hand schwenkend, ging dieser sündige Mann seiner Wege. Zum Abschied sagte er noch:
»Dann also willkommen bei uns … Wenn Sie keine größeren Gewissenbisse haben, kann es hier sogar ganz angenehm sein. Alles hängt davon ab, wie man die Dinge nimmt, wie man sie hier nimmt und wie man sie im früheren Leben auf Erden genommen hat.«
Am Laden von *Marimekko* drehte er sich noch einmal um und rief mir nach:
»Beinah hätte ich es vergessen: Die Nachricht von Ihrem Tod steht in der heutigen Nummer des *Sozialdemokraten* auf der Seite zehn! Kann sein, dass auch die anderen Zeitungen über Sie schreiben.«
Ich winkte ihm zum Abschied zu und kehrte in den Lese-

saal zurück, denn ich war gespannt, was die Presse über den Fall berichtete. Ob wirklich ein Foto von mir in der Zeitung war?

4

Ich fürchtete, dass meine Witwe kein anständiges Begräbnis für mich arrangieren würde. Doch nachdem sie sich nach meinem Tod von der ersten Verwirrung erholt hatte, traf sie energisch Vorbereitungen, mich unter die Erde zu bringen. Sie ließ sich eine neue Dauerwelle machen, kaufte sich ein eng anliegendes schwarzes Kleid, lud zahlreiche Angehörige und Freunde zu meiner Beerdigung ein und setzte eine Todesanzeige in die größte Zeitung der Hauptstadt. Die Anzeige kostete über zweihundert Euro, wie ich befriedigt feststellte. Den Psalmvers, der im Text stand, fand ich geschmacklos, aber immerhin war er traurig, sodass ich ihn akzeptieren konnte, obwohl ich eigentlich nie Psalmen gesungen hatte. Alles in allem wurde meine Beerdigung eine schöne Trauerveranstaltung.

Am bewussten Tag begab ich mich gleich morgens auf den Friedhof von Malmi, um mich mit den Örtlichkeiten vertraut zu machen. Ich war vor meinem Leichnam dort, denn ich wollte anwesend sein, wenn er mit dem Wagen des Bestattungsinstituts gebracht wurde. Die Friedhofskapelle war ein großes, ödes Gebäude aus roten Ziegeln, mit ihren Gewölben und allem Drum und Dran erinnerte sie mehr an einen Geschützstand aus dem Ersten Weltkrieg. Ihren Zweck erfüllte sie jedoch auf jeden Fall. Für jemanden, der dort zur letzten Ruhe ausgesegnet worden war, gab es garantiert keine Rückkehr.

Hinter der Kapelle entdeckte ich einige frisch ausgehobene Gräber, eines davon war vermutlich für mich bestimmt. Ich stieg in eine Gruft hinab, um meine künftige Ruhestätte zu erkunden. Sie war mit dem Bagger ausgehoben worden, an den Wänden sah man noch die Spuren der Schaufel. Die Höhlung war tief und ruhig, auch ein wenig feucht, ganz so, wie Gräber zu sein pflegten. Genau richtig, um darin zu vermodern und zu verwesen, dachte ich zerstreut.

In Malmi wurden hauptsächlich arme Leute beerdigt, also die Bewohner Helsinkis, die kein Familiengrab in Hietaniemi besaßen, wo ich natürlich gern zu meiner letzten Ruhe gebettet worden wäre. Aber Hietaniemi war schon so voll mit den Knochen der Hauptstädter, dass dort nur hinkam, wer seine Grabstätte geerbt oder Beziehungen hatte.

Mein Leichnam wurde kurz vor zwölf Uhr in einem Sarg der billigeren Kategorie in die Kapelle geschleppt. Der Deckel wurde geöffnet, sodass ich Gelegenheit hatte, meinen Körper zu betrachten. Ich war erfreut, mir nach langer Zeit wieder zu begegnen.

Man hatte mich nach besten Kräften zurechtgemacht. Ich war mit einem weißen Spitzenhemd bekleidet – oder zumindest der Kragen und der Brusteinsatz waren aus

Spitze –, meine Hände waren adrett über dem Bauch gefaltet, am Finger glänzte mein Ring. Auch war ich ganz frisch rasiert worden. Ich beugte mich hinunter, schnupperte an meinem Körper und registrierte zufrieden, dass ich nicht stank. Anscheinend hatte man mich bis jetzt im Kühlraum aufbewahrt. Ich ruhte friedlich und mit geschlossenen Augen im Sarg und wirkte wie ein verlässlicher Mann. Wäre ich in diesem Zustand plötzlich erwacht und in die Redaktion zur Arbeit gegangen, hätte man mich dort wegen meines gediegenen und seriösen Äußeren bestimmt mit ganz anderen Augen betrachtet als sonst.

Natürlich war meine Haut leicht bläulich verfärbt, und meine Lippen wirkten kalt und blass, ansonsten aber sah ich fast lebendig aus. Vielleicht hatte man mich gepudert? Wenn ja, war dies das erste und letzte Mal, dass ich geschminkt worden war, und das Ergebnis war keineswegs übel. Eigentlich war es eine Verschwendung, eine so gut aussehende Leiche zu beerdigen. Ob es nicht noch irgendeine Verwendung für mich gab ...?

Diese makabren, aber harmlosen Gedanken verflüchtigten sich bald, denn es ging auf ein Uhr zu, und um diese Zeit sollte die Trauerfeier beginnen. Die Kapelle war fertig hergerichtet, der Sargdeckel wurde zugeschraubt, der Pastor trat in die Sakristei, junge Chorsänger erklommen die Empore. Ich war aufgeregt. Würden zu meiner Beerdigung viele Leute kommen, oder würde man mich »in aller Stille« verscharren?

Da man nur einmal im Leben stirbt, wünscht sich sicher

jeder ein anständiges Begräbnis. Und es ist nun mal besonders peinlich, wenn man selbst als Beobachter anwesend ist und dann nur ein paar nahe Angehörige erscheinen.
Nervös ging ich zur Tür hinaus und wieder hinein. Wo war eigentlich meine Witwe? Wurde sie wieder mit dem Schminken nicht fertig? Und wo blieben die Familie und die Freunde? Ich hatte eine ganze Horde guter Saufkumpane, wo steckten die Kerle?
Meine Aufregung war überflüssig. Auf einmal strömten die Leute herbei. Mehrere meiner Kumpels, feierlich mit schwarzen Krawatten, trafen mit dem Taxi ein. Dann kam die Verwandtschaft meiner Frau, Schwäger und Schwägerinnen, auch zwei Onkel, bewaffnet mit einem sperrigen Blumengebinde. Meine Brüder kamen mit ihren Kindern, außerdem ein paar mir unbekannte Typen, deren Gründe teilzunehmen mir verborgen blieben. Immerhin waren sie schwarz gekleidet, vielleicht waren sie entfernte Verwandte meiner Frau. Insgesamt versammelten sich fast hundert Leute! Ich war ganz überwältigt. Blumen türmten sich an der Seitenwand der Kapelle: vier Kränze und mehr als dreißig große Blumengebinde, die zusammen bestimmt eine Menge Geld gekostet hatten. Ich konnte mich wirklich nicht beklagen.
Dann traf meine Witwe ein, begleitet von ihrer Schwester. Die anderen Gäste machten ihnen respektvoll Platz. In gemessener Würde schritten die beiden schwarz verschleierten Frauen zu ihren Plätzen. Mit gesenkten Köpfen setzten sie sich, zupften die Schleier zurecht, nahmen die Gesang-

bücher in ihre zarten Hände und starrten auf meinen Sarg. Die Feier konnte beginnen.

Nach dem Eingangslied, das der Jugendchor auf der Empore sang, trat ein bärtiger Mann mit einer Geige ans Kopfende meines Sarges. Er spielte sehr schön, Händel, wie ich vermutete. Mir jedenfalls ging es ans Herz; im Raum herrschte sehr andächtige Stimmung. Gerührt betrachtete ich das Publikum, vor allem die Schwester meiner Witwe, die in ihrer Blässe sehr anziehend wirkte. Sie trug das schwarze Kleid, das sie sich im vergangenen Jahr zum ersten Mai gekauft hatte, jetzt aufgewertet durch einen schwarzen Hut mit Schleier. Ich warf einen Blick in ihren Ausschnitt, was mir problemlos gelang, wenn ich über ihr schwebte. Anmutig schmiegten sich ihre hübschen weißen Brüste in die schwarze Seide.

Dann schaute ich in der Sakristei nach, wer die Predigt halten würde. Der Pastor war jung und mager und hatte sich in einen schmucken Talar gehüllt. Es gab nichts an ihm auszusetzen. Gerade bohrte er sich einen trockenen Popel aus der Nase, ehe er in die Kapelle trat, um seines Amtes zu walten. Ich stellte mich hinter ihn, sodass ich den Predigttext lesen konnte, der zwischen den Bibelseiten steckte.

Der Pastor sprach recht gut. Er zitierte immer wieder die Bibel, dazu hatte er einige kurze Passagen aus dem Neuen Testament ausgewählt. Mit gutem Willen konnte man einen Zusammenhang zwischen meinem verstorbenen Ich und den gelesenen Textstellen erkennen. Der Pastor lobte mich als Menschen, wobei er einige Male eindeutig übertrieb, und richtete tröstende Worte an meine Witwe. Zum Ende seiner Rede erklärte er, dass es mir nun gut ging, da ich die böse Welt verlassen hatte. Ich hätte am liebsten gesagt, dass es mir ebenso gut gehen würde, wenn ich am Leben geblieben wäre. Dann hätte ich zum Beispiel versuchen können, die Schwester meiner Frau zu verführen, dachte ich verdrießlich.

Wenig später war die Rede jedoch zu Ende, und die andächtige Stimmung kehrte zurück, ergriff auch mich. Routiniert segnete mich der Pastor am Schluss aus. Anschließend wurde wieder ein Choral gesungen, in den ich aus voller Kehle einstimmte, obwohl ich ihn eigentlich gar nicht kannte. Denn ich dachte mir, dass man auf seiner eigenen Beerdigung einfach zum Singen verpflichtet war. Damit war die Amtshandlung dann auch beendet.

Anschließend wurde der Sarg samt Inhalt, begleitet von einem stillen Trauerzug, über den Friedhof geschoben, und ein paar meiner Freunde ließen ihn ins Grab hinab. Dabei erklang das letzte Lied: »O Welt, ich muss dich lassen …« Mir wurden fast die Augen feucht, als ich beobachtete, wie der Sarg leise schwankend in die Gruft sank. Meine Witwe weinte, die Männer räusperten sich. Man kann sagen, was man will, aber eine finnische Beerdigung ist in vielerlei Hinsicht wirklich schön und feierlich.

Als das Grab zugeschaufelt war und die Kränze und Blumen auf dem Hügel arrangiert worden waren, wurden

Fotos gemacht. Ein Fotograf, den ich gut kannte, lief mit der Kamera herum, bat meine Witwe und die übrigen nahen Verwandten, sich in einer Reihe hinter dem Blumenhügel aufzustellen. Brav befolgten die Trauergäste seine Wünsche, auch der Pastor wurde hinzugebeten. Er schielte verlegen zum Friedhofszaun, als der Auslöser klickte, und verdrückte sich dann stillschweigend. Als der Fotograf fertig war, zerstreute sich die Trauergemeinde langsam.

Die Schwester meiner Witwe ging herum und flüsterte den Gästen zu, dass in einer Stunde in der nahen Gaststätte eine Gedenkfeier stattfinden werde.

»Meine Schwester lädt Sie herzlich dazu ein«, murmelte sie.

Ich hatte keine Lust hinzugehen und sagte mir, dass ich so eine bessere Erinnerung an mich zurückbehalten würde, denn die Andacht in der Kapelle war recht zufrieden stellend gewesen. Auf einer solchen Gedenkfeier wurden in der Regel stammelnde Reden gehalten, bevor es Kaffee und Kuchen gab. Und ein Teil der Trauergäste würde sicher gar nicht erst kommen. Mir reichte es erst mal, entschied ich.

5

Ich betrachtete gerührt den schönen, blumengeschmückten Hügel, unter den man mich soeben gebettet hatte. Für eine Weile verspürte ich Wehmut: Noch vor ein paar Tagen war ich springlebendig, war ich gesund und stark gewesen, und jetzt war ich tot und begraben, der Verwesung anheim gegeben. So schnell war es mit dem Menschen zu Ende, dachte ich fast mit Tränen in den Augen.

Andererseits war es verdammt gut, dass alles endgültig vorbei war. Auf einen Schlag war ich alle meine Probleme los. Bei dem Gedanken, dass ich mich nicht mehr frühmorgens zur Arbeit schleppen musste, verspürte ich außerordentliche Genugtuung. Sollten doch meine Kollegen zusehen, wie sie die Seiten zusammenbastelten, mich interessierte das alles nicht mehr.

Ich hatte keine Geldsorgen und keine Eheprobleme mehr, verspürte weder Hunger noch Durst, nicht einmal Sodbrennen. Ich musste mir nie mehr die Mühe machen, die Zähne zu putzen, meine Nägel wuchsen nicht mehr, zum Frisör brauchte ich auch nicht zu gehen, ich würde kein Klopapier mehr verbrauchen, nicht mehr in der Nase bohren. Jetzt war es mir egal, ob es regnete oder ob die Sonne schien, ich hatte keine Angst mehr vor Krebs oder vor einem Weltkrieg.

Es kam mir vor wie ein endloser Urlaub mit freier Fahrt, wohin ich nur wollte. Man konnte sagen, dass der Tod für einen von der Arbeit ausgelaugten Menschen eine angenehme Erfahrung war. Die Schinderei hatte ein Ende! Von jetzt an konnte ich nach Herzenslust faulenzen, ohne dass ich ein schlechtes Gewissen haben musste oder dass mich jemand dafür tadelte.

In dem Moment erregte ein alter, sanft aussehender Mann,

der plötzlich auf dem einsamen Friedhof aufgetaucht war, meine Aufmerksamkeit. Er war in einen Talar gekleidet und von einer Aura unaufdringlicher Frömmigkeit umgeben. Das weiße Haar und das schimmernde Beffchen harmonierten wunderbar mit dem dunklen Gewand. Allem Anschein nach war er ein Propst. Er war klein, gedrungen und wirkte robust, doch auf seinem Gesicht lag ein verständnisvolles, tröstliches Lächeln. Der Alte stützte sich auf seinen Stock, musterte mein zugeschaufeltes Grab und anschließend mich. Wenn dieser Mann tatsächlich ein Propst war, so war es verdammt bedauerlich, dass nicht er bei meiner Beerdigung gepredigt hatte. Schon auf Grund seiner äußeren Erscheinung strahlte er weit mehr kirchliche Autorität und Würde aus als der junge Spund, der mich vorhin ausgesegnet und mich auf die große Reise geschickt hatte.

Nur dass dieser sonderbare Kirchenmann *mich ansah*, was natürlich bedeutete, dass er kein Lebender, sondern ein Toter, also meinesgleichen war.

Der Mann trat zu mir und sagte mit leiser, angenehmer Stimme:

»Verzeihung … ich störe hoffentlich nicht? Sind Sie eventuell die Person, die soeben hier begraben wurde?«

Ich bejahte.

»Ich bin Propst Hinnermäki, guten Tag. Ich begrüße Sie hier … wie soll ich es nennen … auf dieser Seite. Fühlen Sie sich wie zu Hause, es wird schon alles werden.«

Ich dankte dem Propst für die Wünsche und fragte ihn,

was ihn auf den Friedhof geführt hatte, worauf er erzählte, dass er der Trauerfeier und dem Begräbnis von Anfang an beigewohnt hatte. Er erklärte, dass ihn Beerdigungen generell interessierten, was wohl von seiner frühren Arbeit herrührte.

»Diese Feiern sind sehr schön und beruhigend. Außerdem trifft man bei diesen Gelegenheiten im Allgemeinen neue Tote, so wie ich jetzt zum Beispiel Sie getroffen habe. Fast immer nimmt der Verstorbene selbst – außer natürlich als Leichnam – auch als Geist an seiner Beerdigung teil. Der Mensch ist eben egoistisch, er bringt es nicht fertig, seiner eigenen Feier fernzubleiben. Das ist verständlich und ganz natürlich.«

Propst Hinnermäki erzählte, dass er sechs Jahre zuvor gestorben war. Während seiner letzten Lebensjahre war er Pfarrer in Kyrönlahti gewesen. Er gab mir zu verstehen, dass er anständig und ohne eigentliche Sünden gelebt hatte, sodass ihm die Eingewöhnung in die neuen Verhältnisse nicht schwer gefallen war. Nicht dass er mit seiner Lebensweise geprahlt hätte! Er blieb bescheiden und ruhig, und er gefiel mir immer mehr. Ich konnte nicht umhin, ihn zu fragen, wie er als Kirchenmann unseren jetzigen Daseinszustand bezeichnete – befanden wir uns im Himmel oder in der Hölle, oder was war dies eigentlich für ein Ort?

Er erwiderte, dass sich das so auf die Schnelle nicht erklären lasse, aber eines könne er mir gleich sagen, dass es nämlich seines Wissens einen Himmel im Sinne der Bibel – wenn man die Sache wörtlich nehme – nicht gebe.

»Dies ist nicht unbedingt ein Paradies, das muss ich ehrlich zugeben. Aber wie eine Hölle kommt es mir auch nicht vor, jedenfalls soweit es mich betrifft«, meinte der Propst. Seiner Meinung nach waren wir Tote eine Art spiritueller Wesen, oder eben einfach Geister. Aus seinen Erfahrungen schloss er, dass die Toten ihr Leben in ihren Gedanken, in einer Art Traum, fortsetzten ... Die Hirntätigkeit zu Lebzeiten hatte ein geistiges Ich geschaffen, das mit dem Ableben des Körpers nicht starb, sondern in gewohnter Weise weiterlebte. Nach einer angemessenen Zeit verschliss sich dann dieses übrig gebliebene geistige Ich, das Vernunftkapital, konkret ausgedrückt, es löste sich auf, verflog und schwebte davon wie Nebel im Wind.

»Man kann es auch das Über-Ich nennen, dieser Terminus ist Ihnen sicher bekannt.«

»Das erscheint alles ziemlich einleuchtend«, sagte ich.

»Aus der Sicht eines Geistlichen ist das Ganze natürlich irgendwie fatal«, fuhr Propst Hinnermäki nachdenklich fort. »Mein Leben lang habe ich die Gläubigen auf das Jenseits vorbereitet – natürlich gestützt auf meinen Glauben und auf die Bibel –, und als ich dann starb, konnte ich mit eigenen Augen sehen, dass es gar nicht so war, wie ich es die Menschen gelehrt hatte.«

»Wie haben Sie diesen Widerspruch verarbeitet, war das nicht schwierig?«, fragte ich ihn.

»Natürlich war das alles eine heftige Überraschung für mich. Aber bald gewöhnte ich mich an den Gedanken, dass ich mein Leben lang, offen gesagt, Unsinn gepredigt hatte … Zum Glück ist der Mensch anpassungsfähig, das trifft auch auf mich zu. Am schwierigsten war es, den Sachverhalt meinen früheren Gemeindemitgliedern zu erklären, die nach mir starben und die, sobald sie mir hier begegneten, nach ihrem Platz im Paradies fragten. Was kann ein verstorbener Pastor in dieser Situation machen? Wo hätte ich für all die Verstorbenen das nicht vorhandene Paradies herzaubern sollen? Schließlich bin auch ich nur ein Mensch! Nun, man kann über alles reden, ich bin immer flexibel gewesen, und so habe ich versucht, diesen Gläubigen zu erklären, dass sie sich nicht über die hiesigen Bedingungen beklagen sollten. Hauptsache, sie hatten auf Erden gut und richtig gelebt. Den Glaubenseiferern versuche ich auszuweichen, denn für sie ist dieser Tod in der Regel ein verdammter Schock – entschuldigen Sie, wenn ich hier ein wenig irdischer rede als zu Lebzeiten.«

»Das macht nichts, sprechen Sie nur weiter«, sagte ich.

»Nun ja, diese Glaubenseiferer sind nämlich bitter enttäuscht, wenn sie nun gar nicht die Himmelsfreuden erlangen, die sie erwartet haben. Sie finden, dass sie betrogen worden sind und dass ihnen etwas Besseres zustünde als den anderen Sterblichen. Man kann sich ja vorstellen, wie sich ein Mensch fühlt, der sich ein Leben lang auf die Zeit nach dem Tod vorbereitet hat und dann plötzlich feststellen muss, dass er jahrzehntelang falschen Erwartungen nachhing. Diese Leute lassen ihre Wut an uns Pastoren aus und sparen nicht an groben Ausdrücken. Ich bin mehr als einmal zur Zielscheibe von Schmähungen geworden, man hat mich als falschen Propheten und alles mögliche andere beschimpft, ich möchte das hier gar nicht wiedergeben. Aber man muss den Menschen vergeben. Schon Jesus sagte seinerzeit ... Entschuldigen Sie, darauf wollte ich gar nicht hinaus, es ist nur eine alte Gewohnheit.«

»Ich habe nichts dagegen, wenn wir über diese Dinge sprechen«, entgegnete ich. »Soll das heißen, dass die Religion hier keinen Platz mehr hat, dass Jesus gar nicht existiert?«, fragte ich.

Hinnermäki sah mich ein wenig verwirrt an. Dann erzählte er von Jesus:

»Ich habe Jesus zwar noch nicht persönlich getroffen, aber ich habe gehört, dass er hier irgendwo existiert. Allerdings ist er so gefragt, dass er öffentliche Plätze meidet und sich möglichst unauffällig in entlegenen Gegenden aufhält. Voriges Jahr gab es Gerüchte, dass er am Rande des Sonnensystems, irgendwo in der Nähe des Jupiters, gesehen worden sei, wo sich so gut wie keine toten Seelen aufhalten. Prominent zu sein bringt auch unter den hiesigen Bedingungen einige Nachteile mit sich, und Jesus hat ganz besonders unter dem Fluch der Berühmtheit zu leiden, da das ganze Christenvolk mit ihm sprechen will.«

Ich erkundigte mich, von welcher Dauer das »zweite Leben« des Menschen war.

»Das hängt völlig von den persönlichen Eigenschaften eines jeden ab. Viele Tote leben sehr lange. Die Intelligentesten haben die längste Lebensdauer, die Dümmsten verflüchtigen sich nach wenigen Augenblicken in der

Atmosphäre. Wenn kein Hirnkapital vorhanden ist, gibt es auch kein zweites Leben. Ich habe festgestellt, dass ein gewöhnlicher Durchschnittsfinne, der im Erwachsenenalter stirbt, nicht einmal so viel geistige Lebenskraft besitzt, dass er ein volles Jahr nach seinem Tod weiterlebt. Manch jugendlicher Flaps hat sich schon buchstäblich in Luft aufgelöst, wenn nach seinem Tod noch keine fünfzehn Minuten vergangen waren«, erklärte Hinnermäki.

»Ist das nicht ungerecht?«

»Das würde ich nicht sagen. Was soll ein dummer Mensch mit seinem zweiten Leben anfangen? Er könnte es ja doch nicht genießen. Genauso wie die frisch verstorbenen Säuglinge, die hier ankommen. Sie können schon allein wegen ihres geringen Alters keinen nennenswerten Verstand in die Waagschale werfen. Diese unglücklichen Babys lallen hier eine Weile herum und verflüchtigen sich dann glücklich in die Atmosphäre. So funktioniert das Ganze meines Wissens.«

Dann erzählte Hinnermäki, dass es natürlich auch eine Menge Leute gab, die schon vor Tausenden von Jahren gestorben waren und immer noch ihre volle geistige Kraft besaßen.

»Ich möchte keineswegs prahlen, aber ich bin einigen wirklich alten Toten schon persönlich begegnet. Der bedeutendste von ihnen ist Hammurabi, den ich vor vier Jahren im Frühjahr kennen lernen durfte. Hammurabi ist eine phänomenale Persönlichkeit, zum Beispiel hat er in diesem Jahrhundert extra Englisch gelernt, damit er sich mit den neueren Toten unterhalten kann. Besonders gut sind seine Kenntnisse nicht, seine Aussprache ist ziemlich mies, aber der Versuch verdient auf jeden Fall Bewunderung, denn immerhin ist der Mann fast viertausend Jahre alt.«

Propst Hinnermäkis Lebensklugheit gefiel mir. Er lehrte mich viele nützliche Dinge für mein neues Dasein, und zum Abschluss gab er mir noch einen sehr wichtigen Rat:

»Wenn Sie sich hier im Jenseits bewegen, sollten Sie vorsichtig sein, was den Kosmos angeht. Sofern Sie das Sonnensystem nicht wirklich genau kennen, tun Sie besser daran, vorläufig auf der Erdkugel zu bleiben. Zahlreiche neue Geister haben sich im ersten Rausch sofort ins Weltall aufgemacht und dann aus Mangel an astronomischen Kenntnissen nicht wieder zu unserem Planeten zurückgefunden. Den Mond können Sie natürlich besuchen, aber auch das sollten Sie vorsichtig und lieber im Schutz des Erdschattens tun, damit Sie nicht, von der Sonne geblendet, aus Versehen am Mond vorbei in unbekanntes Gebiet sausen. Wenn man sich mit der Geschwindigkeit eines Gedankens bewegt, passiert es ungeheuer leicht, dass man ins Ungewisse rast«, warnte mich der Propst.

Ich bedankte mich für die Ratschläge und wünschte meinem neuen Freund viel Spaß bei den beiden Beerdigungen, die an diesem Nachmittag noch anstanden. Guten Mutes verließ ich den Friedhof: Auf viele Fragen hatte ich eine einleuchtende Antwort bekommen, sodass ich mich jetzt besser in die neuen Bedingungen fügen konnte als vor meiner Begegnung mit dem Propst.

6

Helsinkis Markt im August ist bunt und lockt zum Verweilen. Auch wenn ich als Toter keine eigentlichen Einkäufe tätigen konnte, fühlte ich mich doch wohl zwischen all den Ständen, denn die Gerüche, das Menschengewimmel und das Kreischen der Möwen erinnerten mich an früher, als ich noch lebte und hier wie jetzt meine Zeit totgeschlagen hatte.

Gegen Mittag wurde ich auf eine Gruppe Soldaten aufmerksam. Sie kamen über die Süd-Esplanade und wollten wahrscheinlich zur Wachablösung vor der Hauptwache. Ich folgte der zackig marschierenden Abteilung, die dann auch tatsächlich in den Hof des Präsidentenpalastes einbog. Dort exerzierten die Soldaten und bildeten ein Ehrenspalier. Die Kapelle trommelte kräftig. Draußen auf der Straße versammelten sich Neugierige; den Gesprächen der Leute entnahm ich, dass ein ausländischer Botschafter erwartet wurde, der dem Präsidenten sein Beglaubigungsschreiben überreichen wollte.

Ein interessantes Ereignis. Ich stellte mich ans Eingangstor, um auf den Botschafter zu warten.

Zu beiden Seiten des Tors stand je ein Kadett, in steifer Haltung und mit geschult ausdrucksloser Miene. Bei diesen Männern war bestimmt jeder Nerv und jede Sehne angespannt. Es war ihnen nicht einmal möglich, das Standbein zu wechseln, auch wenn es ihnen noch so sehr in den Muskeln zog. Einem der beiden sah ich in die Augen und zog spaßige Grimassen.

Plötzlich hielt ich überrascht inne: Der reglos vor mir stehende Kadett schien zu denken.

Dabei setzte mich nicht die Tatsache in Erstaunen, dass er dachte, sondern vielmehr, dass ich erkannte, was in seinem Kopf vorging. Ich brauchte ihm nur konzentriert in die Augen zu schauen, und schon wusste ich, womit sich seine Gedanken gerade befassten. Wie einfach!

»Wenn Kekkonen kommt, rühre ich mich nicht«, sagte sich der Kadett. Anschließend ruhte sich sein Gehirn einen Augenblick aus, und dann ging ihm ein neuer Gedanke durch den Kopf: »Jetzt könnte der Botschafter langsam eintrudeln.« Es dauerte eine Weile, bis in seinem Kopf wieder ein Gedanke entstand: »Zum Glück muss ich nicht pinkeln. Wenn ich dringend pinkeln müsste, gäbe es nur drei Alternativen: Blase platzen lassen, in die Hose machen oder Laufbahn zu Ende.«

Draußen auf der Straße fuhr eine weich gefederte schwarze Limousine vor, der die Polizisten rechtzeitig Platz geschaffen hatten. Ein dunkelhäutiger, dicker Mann mit einem roten Fez auf dem Kopf stieg aus. Er trug einen schwarzen Anzug und glänzende Schuhe. Ernst und gesetzt schritt er durch das Ehrenspalier der Soldaten zum Palast, ihm folgten eine schöne Frau, vermutlich seine Gattin, dann noch

eine zweite, hässlichere, wahrscheinlich die Dolmetscherin, und ich, der für die anderen unsichtbar blieb. Die Kapelle intonierte die Nationalhymne des Botschafters, und ein Angestellter des Schlosses öffnete theatralisch beide Flügel des Hauptportals auf einmal, was sehr feierlich aussah. Wurden die Flügel dagegen nacheinander geöffnet, wirkte es so alltäglich, als ginge man in eine Scheune.
Der Staatspräsident empfing den Botschafter im großen Saal, wahrscheinlich dem festlichsten Raum des Schlosses. Er kam mit langen Schritten herein, wobei sein Gang, wie man es bei ihm gewohnt war, ein wenig an den eines Tigers erinnerte. Dann stellte er sich in Positur, um seine protokollarische Aufgabe zu erfüllen, woraufhin der Botschafter eine Rede auf Französisch hielt, sodass ich nicht viel verstand, lediglich, dass er Kamerun repräsentierte.
Ich sah Präsident Kekkonen fest in die Augen, denn ich wollte gern wissen, was er dachte.
Zuerst herrschte lange Zeit völlige Leere in seinem Kopf; Kekkonen dachte anscheinend überhaupt nichts, obwohl seine Miene auf einen Außenstehenden so wirkte, als lauschte er aufmerksam der Rede des Botschafters. Dann plötzlich, ohne dass auch nur ein Muskel in seinem Gesicht zuckte, zog ein flüchtiger Gedanke durch sein Gehirn: »Der Mann ist ungefähr sechzig – das ist ein hohes Alter für einen Afrikaner. Wenn er ein gewöhnlicher Durchschnittsbürger wäre, läge er schon längst unter der Erde. Aber von Rachitis sieht man bei diesem Kerl keine Spur.«

Der Präsident musterte das Gesicht des Botschafters. Am Rand der Nase zeichneten sich dunkelrote Adern ab, und diese lenkten die Gedanken des Präsidenten auf Zuckmückenlarven, wenn diese auch von hellerem Rot waren. »Die Russen waren es, die auf die Idee gekommen sind, diese Larven als Köder beim Eisangeln zu benutzen – eine einfache und billige Methode und zugleich die beste der Welt, und jetzt werden die Dinger zu Millionen vom Grund der Seen geholt. Manche arme Familie lebt ausschließlich von diesen Larven, wer weiß, ob die Einnahmen überhaupt steuerfrei sind – doch, eigentlich müssten sie es sein, wie stünde wohl Mikko Laaksonen zu diesem Problem, wenn er noch in der Steuerbehörde säße ... Er würde natürlich sagen, sie holen die Dinger nachts aus dem See, und dafür gilt Mondscheintarif, oder eigentlich ist es freiwillige Gemeinschaftsarbeit, mit dem Unterschied, dass die während der Nachtstunden natürlich bezahlt wird ... Dieser dämliche Ilaskivi hatte nichts Besseres zu tun, als sich gleich als Erstes sein Gehalt erhöhen zu lassen, ich glaube, um fast tausend im Monat. Das ist wieder mal typisch, der Mann kommt von der Börse, wird Oberbürgermeister von Helsinki, und schon ist ihm die Lohntüte zu klein ... ein Makler ... Der Kerl hat so was verdammt Aalglattes, dazu noch die blökende Stimme, aber was kann er dafür, er muss damit leben, wer weiß, welche Note er in der Schule im Singen gehabt hat, vermutlich weiß er es selbst nicht mehr ... Werden in der Grundschule eigentlich noch Zensuren im Singen gegeben, ja, wird dort überhaupt noch gesungen, wahrscheinlich beschimpfen sich Lehrer und Schüler bloß noch gegenseitig ... Verflucht, wenn ich Regierungschef wäre, würde ich die Gören das Fürchten lehren, Disziplin muss sein, aber das ist nicht Sache des Staatspräsidenten, auch auf den Straßen machen sie heutzutage, was sie wollen. Als die Frontsoldaten nach dem Krieg nach Helsinki zurückkamen, konnte man ja noch verstehen, dass sie drauflos prügelten, aber die Kinder von heute sind noch viel brutaler, sie werden einfach nicht mehr zur Disziplin erzogen ... Habe ich vielleicht in diesem Land in letzter Zeit alles zu sehr seinen Gang gehen lassen ... Vielleicht muss ich die Zügel straffer ziehen, muss mir sagen, dass man nicht zu lasch sein und sich nicht alles gefallen lassen darf ... Ein guter Mann zu sein schließt nicht aus, dass man hart und streng ist ...«

Ich war ein wenig überrascht über die Gedanken des Präsidenten, denn sie berührten in keiner Weise den Akt, an dem er gerade teilnahm, sondern irrten umher. Vielleicht gehörte diese Veranstaltung für ihn derart zur Routine, dass sie keine besondere Konzentration verlangte.

Bald war die offizielle Zeremonie vorbei. Der Präsident bat den Botschafter zu einem kurzen Gespräch auf das Plüschsofa, das an der Seite stand. Dort unterhielten sich die beiden eine Weile über die gemeinsamen Angelegenheiten Kameruns und Finnlands. Kekkonen hieß den Botschafter in Finnland willkommen, und dieser bedankte sich herzlich, auch im Namen seiner Frau. Der Präsident

empfahl ihm, zusammen mit seiner Gattin im späteren Herbst einen Ausflug nach Lappland zu machen:
»Die Natur im Norden unseres Landes ist im Herbst am schönsten. Die Vegetation färbt sich vor dem Welken rot und gelb, ist das nicht bemerkenswert? Das Blattgrün wandert in den Stamm, das passiert jeden Herbst.«
Bei diesen Worten dachte der Präsident: »So bekommt Tuure Salo wieder die Gelegenheit, auf Kosten der Stadt Rovaniemi ein Essen zu geben.« Nach einer Weile setzte er den Gedankengang fort: »Salo gegenüber bin ich nachsichtiger gewesen, als gut war. Dabei denkt er, ich hätte ihn schikaniert ... Eine kleine Stadt bringt nun mal nichts Großes hervor, auch der nicht, der die kleine Stadt regiert.«
Der Botschafter lobte Kekkonen als einen Staatsmann, der in Afrika wohl bekannt sei und dem man dort große Achtung entgegenbringe. Er vergaß auch nicht, die Europäische Sicherheitskonferenz und Kekkonens Verdienst bei ihrem Zustandekommen zu erwähnen.
Kekkonen sah den Botschafter und dessen schöne Frau an und dachte: »Euer Kamerun liegt ziemlich weit im Süden, dort wirkt sich die Dürre, die die Sahara mit sich bringt, wohl noch nicht aus. Aber die Sahara schiebt sich weiter nach Süden, bald hat sie eure Gegend erreicht. Dann solltet ihr eure Kühe schlachten, denn sie sterben sowieso. Baut Mais an und schlachtet eure Kühe, da habt ihr einen guten Rat.«
Laut aber sagte der Präsident:

»Die riesigen ökonomischen, politischen und humanen Probleme der afrikanischen Völker sind gerade jetzt brennend aktuell. Doch auf Ihrem Kontinent verändert sich vieles zum Positiven, und dafür haben Sie selbst gesorgt, vor allem auf staatlicher Ebene. Ich bin überzeugt, dass Afrika einmal ein Kontinent sein wird, der friedlich seine Zukunft gestaltet, ohne mit militärischen Mitteln die staatliche Ordnung durchsetzen zu müssen. Finnland unterstützt vorbehaltlos das Selbstbestimmungsrecht der afrikanischen Völker, dessen können Sie sicher sein.«

Nach Ende der Audienz setzte sich Kekkonen an seinen Schreibtisch, seufzte und dachte an seinen Gast, den er soeben verabschiedet hatte. »Ein sympathischer Mann … hoffentlich erfriert er nicht im Winter. Der finnische Winter hat schon vielen Diplomaten eine Lungenentzündung beschert und sie so ins Grab gebracht.«

Zehn Minuten später erschien eine Abordnung, die den Präsidenten bat, die Schirmherrschaft beim Cello-Festival von Joutseno zu übernehmen. Aus diesem Anlass schenkte die Abordnung Kekkonen ein Cello, das der Meister Valfrid Hukkanen im Jahre 1911 gebaut hatte. Die vier Männer waren deutlich aufgeregt. Einer von ihnen spielte auf dem Geschenk-Cello ein kurzes Musikstück, dem Kekkonen im Stehen und mit hochgerecktem Kopf lauschte, als wäre er vollkommen in die Klänge vertieft.

Als der Kaffee gebracht worden war, forderte Kekkonen die Gäste auf, sich vom Kuchen zu bedienen:

»Langen Sie zu«, sagte er. »In Kainuu pflegte man früher zu

sagen, wer eingeladen war und Kuchen angeboten bekam, solle tüchtig essen, so spare er zu Hause die Baumrinde.« Alle lachten herzlich über den Witz und griffen zu. Kekkonen dachte: »Das hat man zwar nie in Kainuu gesagt, aber ist ja egal.«

Man plauderte munter über Streichinstrumente und kam dabei auch auf die staatlichen Mittel zu sprechen, mit denen das Musikleben gefördert wurde und die, im Verhältnis zum Bedarf, zu gering waren. Kekkonen betrachtete den Leiter der Abordnung, einen stämmigen Konzertmusiker um die vierzig, und dachte:

»Wenn ein Kerl wie er die Offizierslaufbahn eingeschlagen hätte, wäre er bald Oberst, denn ich hätte ihn ohne weiteres befördert. Jetzt aber spielt er einfach bloß Cello ... Die Kunst nimmt diesem Volk die begabtesten Mitglieder, so ist es in Finnland immer gewesen. Verflucht, was für ein Cellist wäre ich wohl geworden!«

Gemeinsam mit der Abordnung verließ ich das Schloss. Die Musiker beglückwünschten sich gegenseitig zum wirklich gelungenen Besuch beim Präsidenten und beschlossen, darauf ein Gläschen zu trinken.

7

Sowie die Cellisten verschwunden waren, machte ich mich auf den Weg, um herauszufinden, was die gewöhnlichen Leute auf der Straße eigentlich so dachten. Ich glühte vor

Forschungseifer: Jetzt konnte ich mir mühelos über die verborgensten Gedanken der Finnen Klarheit verschaffen, konnte in die innerste Seele dieses knorrigen Volkes eindringen. Welch wunderbare Chance und ausgezeichnete Gelegenheit!

Mein Eifer erlahmte jedoch bald.

Es zeigte sich, dass der gewöhnliche Finne in seinen Gedanken womöglich noch gewöhnlicher war. Ein beträchtlicher Teil der Leute auf der Straße wies überhaupt keine Hirntätigkeit auf. So mancher wichtig aussehende Mann mit gerunzelter Stirn war völlig leer im Kopf. Im Gehirn von Bankdirektor N.N., der bekanntermaßen häufig in der Öffentlichkeit auftrat, kam es beispielsweise mehrere Minuten lang zu keinerlei rationalen Aktivitäten. Und diejenigen, bei denen sich innerhalb der Hirnschale ein paar Gedanken bewegten, beschäftigten sich ausnahmslos mit völlig belanglosen Dingen.

Meine Enttäuschung war womöglich größer als meine vorherige Begeisterung. Hier zur Veranschaulichung ein paar Beispiele.

Eine schöne und modisch gekleidete junge Frau verließ den Markt mit Taschen voll frischem Gemüse. Sie wirkte wirklich sympathisch, aber, o Graus, was ging ihr durch den Kopf: »Morgen kaufe ich mir einen neuen BH, diese Taschen sind ziemlich schwer, irgendwann lasse ich mich von Erkki scheiden, später, wenn die Kinder größer sind. Warum zeigen die Ampeln immer Rot, wahrscheinlich drücken Männer die Knöpfe. Zum Glück habe ich keine

Cellulite am Hintern, meine Schwester hat sie und Krampfadern auch. Wenn Mutter plötzlich stirbt, könnte ich mir vorstellen, als Hure nach Griechenland zu gehen, egal, was Erkki dazu sagt. Eigentlich wäre es besser, Erkki stirbt auch, und zwar jetzt gleich und nicht erst, wenn er sechzig wird. Was hab ich davon, wenn er erst im Rentenalter stirbt. Ich hab überhaupt keine Lust, heute Abend die Sauna sauber zu machen.«

Ein Mann mittleren Alters, ein Beamtentyp, stand auf der Esplanade im Schatten des Restaurants *Kappeli* und blickte gedankenverloren in den Himmel, vorbei an der Skulptur der Havis Amanda. Am blauen Augusthimmel kreiste eine Schar Möwen, eine zarte Schönwetterwolke segelte über den Markt hinweg, und der Mann dachte: »Ich habe verdammte Lust auf einen Fick.« Die junge Frau von vorhin ging an ihm vorbei, streifte ihn mit einem Blick und dachte: »Mit dem würde ich's nicht mal machen, wenn ich eine Hure wäre.«

Generell waren die Gedanken der Menschen auf dem Markt, zumindest an diesem Tag, unzusammenhängend und belanglos, hatten weder Hand noch Fuß. Tief schürfende Überlegungen fehlten völlig, die großen Denker tätigten an diesem Tag offensichtlich keine Markteinkäufe.

Auf der Snellmaninkatu begegnete ich einem elend aussehenden Mann, der mit gerunzelter Stirn, den Blick auf den Boden geheftet, dahintrabte. Er war um die vierzig, mager, in einen Popelinemantel gehüllt, mit sich schleppte er eine ramponierte Aktentasche. Gleich auf den ersten Blick war zu erkennen, dass es dem Mann nicht gut ging. Er blickte verzweifelt, fast verängstigt. Ich beschloss herauszufinden, was der arme Kerl gerade dachte.

Seine Gedanken waren bleischwer, düster, äußerst trostlos, sie kreisten um seine gegenwärtige Situation und seine desolaten Finanzen. Sein Leben war in eine Sackgasse geraten. Er war Akademiker und arbeitslos, bereits seit gut einem Jahr. Natürlich hatte er Mietschulden. Seine einzigen besseren Kleidungsstücke waren die, die er trug, und auch die hatten schon bessere Tage gesehen. Außerdem litt er unter furchtbaren Bauchschmerzen, was auch immer der Grund dafür sein mochte, vielleicht war es Krebs, dachte er. Dieser Gedanke erschien ihm in dieser Situation auf unbegreifliche Weise beinahe tröstlich: Dann hätte er immerhin etwas, was nicht alle hatten. Der Mann spulte sein bisheriges Leben wie einen Film ab, eine Serie von Misserfolgen: im Studium, bei der Arbeitsplatzwahl, mit Frauen, mit allem. Er erinnerte sich daran, dass der Arzt in der Armee bei ihm einen Wirbelsäulenschaden diagnostiziert hatte. Bei einer Parade war er ohnmächtig geworden, und man hatte ihn auf einer Trage in die Offiziersschule zurückgebracht. Bei ungewöhnlichen Anstrengungen machte ihm sein Herz zu schaffen. Er litt unter starker Transpiration, seine einzige natürliche Veranlagung, in der er die anderen übertraf, dachte er gequält. Er war ein bemitleidenswerter Mensch, glücklos, verzagt, unsicher, mutlos. Er sagte sich, dass es ihm nie gelingen würde, sein Leben besser als bisher zu meistern.

Als dieser bedauernswerte Mensch in die Liisankatu einbog, stolperte er über die Stufen vor dem Papiergeschäft und fiel der Länge nach auf die Straße. Seine Knöchel waren aufgeschürft – natürlich. Sie würden jetzt bis Weihnachten verschorft sein, dachte er, während er seine bleichen Hände betrachtete, von denen wässeriges Blut tropfte, nicht viel, aber doch genug, dass er sich die Kleidung damit beschmierte.

Plötzlich kam Leben in den Mann. Er ging forschen Schrittes die Straße hinunter und dachte: »Ich hänge mich auf. Dieses Leben hat keinen Sinn mehr.«

Zielstrebig eilte er zu seiner Wohnung im Eckviertel zwischen Liisankatu und Mariankatu. Sowie er eingetreten war, zog er seinen Popelinemantel aus und ging ins Bad, um sich die Hände zu waschen. Dann holte er aus der Küche eine aufgerollte Plastikwäscheleine und einen hohen Hocker. Er stellte den Hocker unter die Wohnzimmerlampe, stieg hinauf und band das eine Ende der Leine um den Lampenschirm. Ich bezweifelte, dass der Knoten halten würde, was den Mann jedoch nicht kümmerte, der am anderen Ende der Leine eine Schlinge knüpfte. Energisch legte er sich die Schlinge um den Hals und ließ sich fallen.

Der Mann fiel auf den Boden, es sah wirklich böse aus. Die Leine würgte ihn am Hals, aber sein Genick brach nicht, denn die Lampe löste sich von der Decke und schlug ihm auf den Rücken, dass es nur so krachte. Eine Weile lag er auf dem Fußboden, kraftlos und wütend. Dann nahm er

die Schlinge vom Hals, stand langsam auf und wankte ins Badezimmer, wo er kaltes Wasser auf seinen Hals mit den roten Striemen laufen ließ. Müde kehrte er ins Zimmer zurück, ließ sich aufs Sofa fallen und dachte: »Dabei wird es nicht bleiben. Ich ruhe mich nur ein wenig aus.«
Nach einigen Minuten erhob er sich steif und machte sich an seinen nächsten Selbstmordversuch. Nun band er die Leine fest an den Deckenhaken der Lampe, probierte, ob der Knoten auch hielt, und als er sich davon überzeugt hatte, legte er sich wieder die Schlinge um den Hals. »Jetzt aber endgültig«, dachte er und stieß den Hocker weg.
Ein unangenehmes Knacken war zu hören, als die Halswirbel des Mannes brachen. Er hing zappelnd an der Leine, und im selben Moment löste sich sein Geist aus dem Körper. Der Mann starrte mit geweiteten Augen auf das Ergebnis seiner Selbstmordaktion. Sein Gehirn war kurzzeitig blockiert, dann aber entfuhr ihm der Ausruf:
»O mein Gott, was habe ich getan!«
Plötzlich überkam ihn ein erschütternd starker Lebenswille. Deutlich war zu erkennen, dass er Qual und Reue, ja, Entsetzen über die Unumkehrbarkeit seiner Tat verspürte.
Ich ging zu ihm und sagte tröstend:
»Kommen Sie fort aus diesem Zimmer. Versuchen Sie sich zu beruhigen.«
Der Mann, völlig gebrochen, folgte mir in die Küche. Er schien immer noch nicht recht zu glauben, dass er wirklich tot war. Ich erzählte ihm nach und nach von den Verhältnissen im Jenseits. Er hörte mir entsetzt zu, stellte auch

ein paar Fragen, die ich ihm nach bestem Wissen zu beantworten versuchte. Zwischendurch ging er immer wieder zurück in das andere Zimmer, um nach seinem Körper zu sehen, der leblos an der Leine hing.

»Jetzt habe ich nach dem letzten Mittel gegriffen«, sagte er deprimiert.

Als sich der Selbstmörder endlich beruhigt hatte, erzählte er mir von seinem Leben. Ich hörte zu, obwohl ich über seine Situation bereits ziemlich gut Bescheid wusste. Schließlich meinte er, dass er nie so weit gegangen wäre, wenn er gewusst hätte, dass er wirklich richtig stirbt. Er sehnte sich heftig zurück ins Leben, es erschien ihm jetzt wertvoller als je zuvor. Er nahm an, dass er mit seinen Schwierigkeiten trotz allem hätte fertig werden können, er hätte nur Geduld haben und einfach weitermachen müssen. Jetzt war alles zu spät.

»Kann man das nicht irgendwie rückgängig machen?«, fragte er und sah mich flehend an. Ich schüttelte den Kopf.

»Soweit ich weiß, gibt es von hier kein Zurück.«

Es tat mir Leid, diesen Neugestorbenen allein zu lassen, aber ich hielt es nicht länger in seiner Gesellschaft aus. Ich begleitete ihn nach draußen an die frische Luft und ging dann meiner Wege. Der erhängte Mann blieb traurig an der Straßenecke stehen. Ich sagte zu ihm, dass wir uns vielleicht mal wieder über den Weg laufen würden. Außerordentlich reuevoll winkte er mir zum Abschied nach.

8

Tote kennen offenbar kein Schwindelgefühl. Ich konnte mich mit der Kraft des Gedankens so hoch in die Lüfte schwingen, wie ich wollte, ohne dass ich Angst oder Übelkeit verspürte. In den höheren Luftschichten traf ich sogar einige Verstorbene, die zu Lebzeiten panische Angst vor Flugreisen gehabt hatten, jetzt aber völlig ruhig dort oben herumschwebten und es ganz offensichtlich genossen. Ein Mann erzählte mir, dass er bei einem Flugzeugabsturz ums Leben gekommen sei, dass ihm aber die Erinnerungen an das Ereignis in keiner Weise mehr zu schaffen machten. Das Unglück hatte sich Ende der Sechzigerjahre in Rissala zugetragen.

Da es so ungeheuer leicht war, von einem Ort zum anderen zu gelangen, beschloss ich Anfang September, mir ein bisschen von der Welt anzusehen. Ich wandte mich in südliche Richtung und ließ den Gedanken freien Lauf: Bald hatte ich die Ostsee, Polen, die Tschechei, Ungarn und das ehemalige Jugoslawien überquert. Am Strand der Adria überlegte ich, wohin ich mich nun wenden sollte, und ich beschloss, das Meer zu überfliegen und Rom zu besuchen, wo ich zu Lebzeiten nie gewesen war. Nach Rom findet man ohne Probleme, man braucht nur der Autobahn zu folgen, es besteht keine Gefahr, dass man sich verirrt, egal, ob man von Norden oder Süden kommt. Die Stadt selbst ist leicht zu erkennen, nicht nur an ihrer ganzen Anlage, sondern auch an den zahlreichen Gebäuden, die einem von

Ansichtskarten und Fotos vertraut sind, auch wenn man selbst noch nie in der Stadt gewesen ist.

Ich landete auf der Kuppel des Petersdoms. Dort verharrte ich einen Augenblick in einer Atempause, obwohl ich mich natürlich in keiner Weise angestrengt hatte. Wie sollte ein körperloser Mensch außer Atem geraten!

Unten auf dem Platz wimmelte es von Menschen. Zum Teil waren es ganz normale Lebende, aber die meisten waren Tote, die, aus ihrer Kleidung und ihrer Hautfarbe zu schließen, aus allen Ecken der Welt gekommen waren. Bestimmt waren sie zu Lebzeiten fromme Katholiken gewesen und wollten sich nun die heiligen Stätten ansehen. Falls ein frommer Christ also zufällig so arm ist, dass er wichtige Pilgerfahrten zu Lebzeiten nicht unternehmen kann, so braucht er deswegen nicht traurig zu sein. Nach dem Tod kann jedermann völlig kostenlos überallhin gelangen.

Auf der Kirchenkuppel blieb ich nicht lange allein. Neben mir ließ sich mit wehendem Mantel ein alter Mann nieder, der auf dem Kopf ein Scheitelkäppchen trug. Wie ich beobachtete er das wimmelnde Leben – und mithin auch den Tod – unten auf dem Platz. Er war schlank, an den Füßen trug er Sandalen, und sein weißer Mantel, oder vielmehr seine Kutte, war aus gutem Stoff genäht. Er musterte mich eingehend, so als wollte er herausfinden, woher ich stammen mochte. Mit seinen klugen Augen hatte er bald das Wesentliche erkannt und sagte auf Englisch:

»Gehe ich recht in der Annahme, dass Sie zur nordischen Rasse gehören?«

Ich bestätigte es und erzählte ihm, dass ich ein finnischer Journalist und vor wenigen Wochen gestorben sei.

»Nanu, und da sind Sie gar nicht unten auf dem Platz bei all den anderen?«, fragte der Alte und zeigte auf das Menschengewühl. Ich erklärte ihm, dass es mir hier auf dem Dach zunächst besser gefalle und dass ich sehr wohl noch die Absicht hatte, mir Rom und den Vatikan unten auf dem Erdboden anzusehen. Dann erkundigte ich mich, mit wem ich das Vergnügen hatte, wann er gestorben sei und was er zu Lebzeiten getrieben habe.

»Ich war Papst Pius IX. und bin bereits im vorigen Jahrhundert gestorben, im Jahr 1878, falls Ihnen das nicht präsent sein sollte«, informierte er mich.

Sein Mantel war zweifellos schön und auch festlich, sonst aber wirkte er durchaus nicht päpstlich. Er verhielt sich völlig zwanglos – einen Papst stellte ich mir anders vor. Ich lachte und entgegnete:

»So so, ich habe also die Ehre, mit einem Papst auf dem Dach zu sitzen.«

Im Stillen dachte ich, dass man anscheinend im Tod genau wie im Leben allerlei Bekloppte traf. Wahrscheinlich stammte der Kerl aus Indien, aus irgendeiner elenden Gegend, war an Skorbut gestorben, lief jetzt im Vatikan herum und erzählte, dass er eigentlich Papst Pius IX. sei. Meinetwegen sollte er seinen Spaß haben, schließlich schadete er niemandem damit.

Ich staunte nicht schlecht, als auf einmal eine kleine Gruppe rot bemäntelter Kardinäle aufs Dach flatterte, um den Mann neben mir feierlich zu begrüßen, ehe sie ihren Weg über den Tiber hinweg und weiter nach Norden fortsetzte.

Schnell stand ich auf und entschuldigte mich bei Papst Pius für meine spöttischen Worte. Er machte mir jedoch ein Zeichen, mich zu setzen, und da hockten wir dann auf dem Kirchendach wie Dachdecker in ihrer Mittagspause.

Nach und nach erzählte mir der Papst von seinem Leben und dass er bereits im achtzehnten Jahrhundert geboren worden sei, genauer gesagt im Jahre 1792. Er lachte.

»Hier im Jenseits gibt es nicht viele Geister, die so alt sind wie ich. Vielleicht kommt es daher, dass ich zu Lebzeiten ein widerborstiger Mensch war, lebensbejahend und stark. Ich habe nicht so leicht nachgegeben, auch wenn ich die ganze katholische Kirche und besonders den Vatikan oft völlig durcheinander gebracht habe.«

Ich saß ehrfürchtig da und lauschte dem alten Mann, der fortfuhr, so als hätte er meine Anwesenheit vergessen:

»Man hielt mich für einen unvernünftigen Papst ... Ende des vorigen Jahrhunderts glaubten viele, dass ich den Vatikan verliere. Einmal war es auch schon fast so weit, doch schließlich war ich es, der den Sieg davontrug.«

Ich bat ihn, mehr von jener Zeit zu erzählen, denn als Bürger eines lutherischen Landes kannte ich die katholische Kirchengeschichte kaum. Der Papst saß eine Weile schweigend da, vielleicht überlegte er, ob sich die Mühe lohnte, für einen unbedeutenden finnischen Journalisten in Erinnerungen zu kramen. Bestimmt hatte er seine Lebensgeschichte schon siebentausend Mal erzählen müssen.

Er kratzte sich mit dem Fuß heftig die vom Mantel eingehüllte Wade des anderen Beins, anscheinend juckte sie stark. Als er bemerkte, dass ich diesen Reflex beobachtete, erzählte er, dass dort kurz vor seinem Tod ein bösartiges Geschwür entstanden und zu seinen Lebzeiten nicht mehr abgeheilt sei. Das habe dazu geführt, dass er sich die Wade von Zeit zu Zeit mit der Sandalenspitze kratzen müsse.

»Eine nicht vorhandene Wade kann eigentlich nicht wirklich jucken, aber dennoch spüre ich es irgendwie, und deshalb muss ich auch ein ganzes Jahrhundert später noch daran kratzen.«

Nachdem er den Juckreiz bekämpft hatte, begann er von seinem Wirken auf Erden zu berichten. Er sprach langsam, so als falle es ihm schwer, sich an alle Einzelheiten zu erinnern.

»Als junger Mann war ich ziemlich liberal. Aber mit zunehmendem Alter wurde ich immer konservativer, am Ende war ich nur noch griesgrämig. Als ich kaum zwei Jahre Papst war, brach in Italien der Freiheitskrieg aus, und natürlich erwartete man meine Teilnahme. Ich aber verweigerte mich der neuen Entwicklung, und das war, offen gesagt, ziemlich kühn, denn daraufhin vertrieb man mich aus dem Vatikan, und ich musste nach Gaeta fliehen. Dort hatte ich eine schwere Zeit, aber ich sagte mir, dass ich eines Tages zurückkehren würde, was dann auch der Fall war. Es dauerte nur zwei Jahre, und schon konnte ich mithilfe französischer Truppen wieder in den Vatikan einziehen. Sofort stellte ich die Ordnung wieder her und führte ein strenges Regiment. Ich begann den Ultramontanismus zu unterstützen, und besonders begünstigte ich die Jesuiten. Der ganze Kirchenstaat befand sich in desolatem Zustand, ich musste ungeheuer viel Energie darauf verwenden, ihn wenigstens halbwegs zusammenzuhalten. Das war nicht einfach!«

Die alten Erinnerungen amüsierten und belebten den Papst, und er fuhr mit neuem Eifer fort:

»Du weißt vielleicht gar nicht, mein Sohn, dass gerade ich es war, der das heilige Dogma der unbefleckten Empfängnis der Jungfrau Maria verkündete. Du glaubst gar nicht, wie heftig sich die Menschheit gegen diesen Gedanken auflehnte, aber am Ende setzte er sich eben durch.«

Jetzt war der Papst richtig in Fahrt. Er sprach schnell, mit flammenden Blicken:

»Dann, im Jahre 1869, ich weiß das Datum noch ganz genau, berief ich das Konzil ein. Früher hatten immer die Kaiser das Konzil, also die Bischofsversammlung, einberufen, ich aber tat es einfach selbst, und seitdem haben nur noch die Päpste und niemand sonst dieses Recht. Nun gut, grundlos hatte ich die Versammlung nicht einberufen. Sie verabschiedete nämlich im Jahr darauf das Dogma der päpstlichen Unfehlbarkeit! Das mochten die Politiker nicht schlucken, und so wurde dem Vatikan noch im selben Jahr jeglicher weltliche Besitz entrissen und der ganze Kirchenstaat Italien eingegliedert. Als das geschehen war, dachten die weltlichen Führer, ich sei geschlagen, aber so leicht zerbricht man keinen Papst. Ich erklärte mich bis zu meinem Tod als Gefangener des Vatikans!«

Ich erwähnte, dass ich während meines Studiums von diesen Dingen gelesen und dass die Taten des Papstes durchaus meine Bewunderung erregt hatten. Er kicherte über meine Zwischenbemerkung und fuhr fort:

»Jedenfalls kam es trotz allem dazu, dass meine Macht wuchs und wuchs. Ich wurde zu einem wirklichen Führer der katholischen Kirche, und als ich starb, war ich ein größerer Herrscher als irgendjemand sonst auf italienischem Gebiet!«

Als er mit seinem Bericht fertig war, wirkte der Papst müde. Er war aufgewühlt, und ich wartete eine Weile, bis er ruhiger war. Schließlich erkühnte ich mich dennoch zu fragen, wie er heute zu seiner damaligen Unfehlbarkeit stehe. Als Papst hatte er sicher auch Urteile gefällt, deren Richtigkeit er jetzt, nach seinem Tod, bezweifelte.

Der Papst brach in schallendes Gelächter aus. Er schlug sich mit den Händen auf die Knie, dass der Mantelsaum nur so wehte, und wenn er kein Geist gewesen wäre, wäre er bestimmt vom Kirchendach gefallen.

»Oh, mein lieber Sohn«, sagte er lachend. »Wenn über so wichtige Dinge auf Erden entschieden wird, dann geht es nicht um Unfehlbarkeit, sondern um Machtpolitik. Es ist völlig egal, ob der Papst sich irrt oder nicht. Von Bedeutung ist nur, ob die anderen glauben, dass der Papst unfehlbar ist. Mir hat man es geglaubt, und das reichte, es reichte mir, Italien, der ganzen katholischen Christenheit und noch weiten Kreisen darüber hinaus.«

Als er sich beruhigt hatte, sagte er zum Abschluss unseres Gesprächs:

»Außerdem habe ich tatsächlich nicht so viele Fehler gemacht!«

Er stand auf, schüttelte seinen Mantel, als ob Schmutz darauf wäre, und sagte dann, dass er ein wenig abgespannt sei und zum Abend eine ruhigere Gegend aufsuchen wolle, vielleicht Südamerika. Als wir uns verabschiedeten, meinte er, dass es schön wäre, wenn wir uns mal wieder begegnen würden. Ich lud ihn natürlich zu einem Besuch nach Helsinki ein.

»Kommen Sie doch auf den Senatsplatz, dort bin ich ziemlich oft. Ich werde Ihnen gern mein Land und mein Volk vorstellen, ich kenne in Finnland viele Lebende und Tote.«

So verblieben wir. Der Papst winkte lässig zum Abschied und schwang sich dann geschickt in die Luft. Er schwebte über Rom hinweg und entfernte sich Richtung Horizont, wo er von einem Taubenschwarm aufgenommen wurde und mit ihm meinen Blicken entschwand.

9

Wieder in Helsinki, begab ich mich sofort zum Friedhof von Malmi, um Propst Hinnermäki aufzusuchen. Stolz erzählte ich ihm, dass ich in Rom Papst Pius IX. begegnet war und mich sogar lang und breit mit ihm unterhalten hatte.

Hinnermäki staunte nicht schlecht, und in seiner Stimme schwang versteckter Neid mit, als er sagte:

»Jetzt bin ich schon seit Jahren tot, aber so etwas ist mir noch nicht widerfahren.«

Ich erzählte ihm, dass der Papst Finnland besuchen wolle, und versprach, die beiden miteinander bekannt zu machen. Hinnermäki freute sich sehr darüber. Ich erwähnte noch, dass der Papst eine interessante Persönlichkeit sei und eine außerordentlich ereignisreiche Vergangenheit habe.

Als eine Art Gegendienst wollte mir Hinnermäki unbedingt eine himmlische Besonderheit vorstellen, etwas, wie ich es vermutlich noch nie erlebt hatte. Geheimnisvoll lächelnd führte er mich zur Kirche von Lauttasaari. Wir setzten uns auf die Eingangsstufen. Hinnermäki erklärte, dass wir dort eine Weile warten müssten.

»Du weißt wohl, dass Voitto Viro, der Pastor von Lauttasaari, im Ruhestand ist?«, fragte Hinnermäki. Ich bestätigte, dass dies mir bekannt sei, aber ich konnte mir nicht vorstellen, warum wir über Voitto Viro sprachen. Wollte Hinnermäki mir den Pastor vorstellen, nur um zu beweisen, dass auch er berühmte Kirchenmänner kannte? Doch konnte Voitto Viro meiner Meinung nach – trotz seiner vielen Tugenden – dem Papst nicht das Wasser reichen. Dafür würden keine fünf Viros reichen, auch keine zehn. Außerdem war Voitto Viro noch am Leben, wenn auch bereits pensioniert. Was also hatte Hinnermäki vor?

Nach einiger Zeit tauchte Voitto Viro auf. Er kam aus der Richtung der Bibliothek von Lauttasaari und führte einen kleinen, zotteligen Hund mit sich, der, an straffer Leine, sein Herrchen energisch vorwärts zog. Viro folgte dem Hund, er war tief in Gedanken, redete die ganze Zeit mit sich selbst, lachte auch gelegentlich. Es hörte sich an, als sei er in ein launiges Gespräch mit einer anderen Person vertieft.

Das alles fand ich nicht sehr ungewöhnlich: Es gab sicher so manchen Kirchenmann und auch andere Bürger, die mit sich selbst sprachen, wenn sie ihre Hunde ausführten. Ich erklärte Hinnermäki, dass der Anblick von Voitto Viro meiner Ansicht nach in keiner Weise etwas so Besonderes war wie die Begegnung mit dem Papst, vielleicht abgesehen von der Tatsache, dass Viro lebte und mit sich selbst redete.

Hinnermäki bedeutete mir zu schweigen. Wir folgten dem debattierenden Pastor, der die Kirche umrundete, denn auf ihrer Rückseite begann ein Weg, der durch einen kleinen Wald führte. Ich lief ziemlich lustlos hinter den beiden Männern her, von denen einer lebte und der andere tot war. Nicht nur, dass die Predigten der Pastoren im Allgemeinen recht dröge waren, so konnte mich offensichtlich auch das, was sie für außerordentlich hielten, nicht vom Hocker reißen.

Doch dann ertönte auf dem Waldweg plötzlich lautes Hundegebell, und ich bekam etwas so Absonderliches zu sehen, wie es sich ein Lebender kaum vorstellen kann.

Aus dem Wald stürzte ein zotteliges kleines Wesen, ein magerer Pudel. Er stürmte Voitto Viro freudig entgegen, wuselte um ihn herum, wedelte mit seinem Quastenschwanz und versuchte sogar an dem Mann hochzuspringen und sein Gesicht zu lecken. Dann ging er auf den Hund des Pastors los, knurrte und bellte ihn an, schnappte nach ihm, versuchte ihn zu beißen und ihn von der Seite seines Herrchens zu vertreiben. Die ganze Gegend hallte von dem Lärm wider, den der Pudel veranstaltete. Er war ausgelassen fröhlich und aggressiv zugleich.

An sich wäre daran nichts Besonderes gewesen, streunende Hunde legen nicht selten ein solches Verhalten an den Tag. Da aber weder Voitto Viro noch sein Hund in irgendeiner Weise auf das fremde Tier reagierten, wirkte die Situation grotesk. Viro bedachte den Hund, der um ihn herumsprang, mit keinem einzigen freundlichen Wort und keinem Streicheln, sondern ging einfach weiter und redete wie bisher mit sich selbst, ja, er blickte nicht einmal zu dem Pudel hin, der auf so rührende Weise versuchte, seine Gunst zu gewinnen.

Auch der Hund des Pastors beachtete den Pudel, der ihn immer wieder angriff, überhaupt nicht, sondern schnüffelte auf der Erde herum und lief weiter, wobei er heftig

an der Leine zog, sodass sein Herrchen ihn mit sanften Worten bremsen musste.
Propst Hinnermäki sah mich bedeutungsvoll an.
»Was sagst du? Eine recht eigenartige Szene, oder?«
Ich musste zugeben, dass ich verblüfft war. Dergleichen hatte ich noch nicht gesehen und bat Hinnermäki um eine Erklärung, was hier eigentlich los war. Der Propst begann zu erzählen:
»Du weißt vielleicht nicht, dass Voitto Viro seinerzeit auch in der Öffentlichkeit behauptete, sein Hund Toni besitze eine Seele genau wie, laut christlichem Glauben, ein Mensch. Er nannte Toni seinen Bruder, und als dieser starb, trauerte der Pastor lange und aufrichtig. Im vorigen Winter schrieb er sogar ein Buch über seinen Hund.«
Jetzt besann ich mich auf den Fall und erinnerte mich dunkel, dass Voitto Viro in irgendeiner Zeitung oder im Radio erwähnt hatte, sein Hund komme nach dem Tod garantiert in den Himmel, nicht anders als ein frommer Mensch. Hinnermäki berichtete weiter:
»Um die Seele dieses Hundes entspann sich damals ein richtiger theologischer Disput zwischen Voitto Viro und einigen engstirnigen Kirchenmännern. Voitto Viro beharrte auf seinem Standpunkt, und über das Problem der Hundeseele konnte keine Einigung erzielt werden, zumindest nicht innerhalb der Kirche. Unter Laien wird ja sogar darüber gestritten, ob der Mensch überhaupt eine Seele hat, nun ja, das ist wieder eine Sache für sich und gehört nicht hierher. Auf jeden Fall verband Voitto Viro und sei-

nen Hund eine wirklich beispielhafte Freundschaftsbeziehung. Nach Tonis Tod brauchte der Pastor lange, ehe er sich entschied, einen neuen Hund anzuschaffen, jenen, den er jetzt ausführt.«

»Das kenne ich sonst nur von Menschen: Wenn sich Ehepartner sehr nahe stehen und einer von ihnen stirbt, dauert es oft Jahre, ehe der andere daran denkt, wieder zu heiraten, wenn er es überhaupt tut«, sagte ich.

Das Ganze bewies jedenfalls, dass in einigen Fällen auch Tiere nach ihrem Tod quasi als Geister weiterlebten. Voitto Viros Reden von der Seele des Hundes waren demnach durchaus nicht aus der Luft gegriffen.

Tonis Gekläff erklang nun vom Hof der Gesamtschule, den Voitto Viro gerade mit seinem Hund überquerte. Ich fragte Hinnermäki, ob Toni das einzige Tier im Jenseits sei, und er antwortete:

»Hier sieht man manchmal scharenweise tote Tiere. Man braucht nur zu einem Schlachthof zu gehen, dann kann man beobachten, wie aus den Fenstern und Türen pausenlos Kühe, Schafe, Pferde und Schweine quellen und zum Himmel schweben in genau dem gleichmäßigen und tödlichen Takt, in dem diese Tiere drinnen geschlachtet werden. Einmal wurde ich Zeuge, wie auf einer großen Hühnerfarm tausend überalterte Legehennen für den Kochtopf ausgemustert wurden. Damals schwebten länger als eine Stunde kopflose Hühner über dem Gelände.«

»Wieso habe ich dann bisher nur diesen einen Hund gesehen?«, wandte ich ein. Hinnermäki zeigte auf den Schulhof, wo ein Schäferhund herumstrich und gerade das Bein hob, um an die Jeans einer Lehrerin zu pinkeln. Als das Hosenbein der Frau nicht nass wurde, begriff ich, dass Voitto Viros Toni nicht der einzige Hund bei uns im Jenseits war. Hinnermäki ergänzte noch:

»Im Allgemeinen verflüchtigen sich die Tiere bald nach ihrem Tod, denn sie haben ja zu Lebzeiten keine eigentliche Denktätigkeit ausgeübt. Ihnen ergeht es so wie den dümmsten Menschen: Gedankenkapital ist nicht vorhanden, und somit gibt es auch keine lange Existenz nach dem Tod. Voitto Viros Toni ist eine Ausnahme – vielleicht hat ihm sein Herrchen ständig vom himmlischen Dasein erzählt und der Hund hat sich schon zu Lebzeiten mit dem Gedanken beschäftigt. Außerdem vergeudet Toni seine Energie nicht sinnlos: Wenn er den neuen Hund seines Herrchens genug angebellt hat, kehrt er um und verzieht sich in das Waldstück hinter der Kirche, wo er zufrieden seine Tage verbringt.«

Wenig später verebbte tatsächlich das Gebell in dem Gelände, in das Voitto Viro gegangen war. Als käme er von der Jagd, kehrte der Geisterhund Toni ziemlich erschöpft zurück. In seinem angestammten Waldstück legte er sich unter eine Fichte, streckte die Beine von sich und schlief ein. Am nächsten Tag würde er, sobald er sein Herrchen und dessen neuen Hund witterte, wieder mit dem bewährten Zirkus beginnen.

Während wir ins Stadtzentrum zurückkehrten, erzählte Hinnermäki:

»Einmal, als ich den Mond besuchte, das war im Herbst vergangenen Jahres, sah ich dort am Hang eines Kraters fünftausend Schafe, die nicht wussten, wie sie wieder auf die Erde gelangen sollten. Irgendjemand erzählte, dass die Herde zwei Tage zuvor in Australien geschlachtet worden war, irgendwo in den nördlichen Regionen.«

Und als im Hafen gerade eine rote Autofähre der Viking-Linie einlief, begleitet von einer riesigen Schar Möwen, zeigte Hinnermäki auf die kreischenden Vögel und sagte: »Auch mehr als die Hälfte dieser Möwen ist tot. Wenn du genau hinsiehst, kannst du erkennen, dass die, die am waghalsigsten fliegen, nicht mehr leben. Man erkennt es daran, dass manchmal eine durch die andere hindurchfliegt.«

10

Da es Herbst war, besuchte ich Lappland und bewunderte die Laubfärbung, die in voller Pracht strahlte. Ich schwebte ein paar Tage über die roten Fjälls, und der Anblick der einsamen Natur tat mir außerordentlich wohl.

Auf dem Rückweg machte ich am Busbahnhof von Mäntsälä Halt, wo sich eine kleine Gruppe meinesgleichen, also Tote, versammelt hatte.

Zwei Männer und eine Frau standen um einen sitzenden Mann herum, die Stimmung schien äußerst geladen zu sein, zumindest gaben sich die drei Stehenden sehr bedrohlich. Die beiden Männer trugen Schaftstiefel und schäbige Arbeitskleidung, die darauf hindeutete, dass sie bereits vor dem Krieg gestorben waren. Die Frau war alt und runzelig, vielleicht war sie einmal Wäscherin oder Schröpferin gewesen. Im Gegensatz dazu war der eingekreiste Mann wie ein reicher Bauer gekleidet. Er trug Reithosen und Lederstiefel. Die anderen beschimpften ihn heftig und drohten ihm immer wieder mit den Fäusten. Der Bedrohte nickte ergeben und versuchte seine Widersacher sanft anzulächeln. Ihm war anzusehen, dass er unter der Behandlung litt.

Es handelte sich eindeutig um Belästigung. Hin und wieder führten die Angreifer einen heftigen Faustschlag in Richtung des Mannes, sodass dieser instinktiv den Kopf einzog. Geschmerzt hätte ihn ein Schlag nicht, selbst wenn er ihn mitten ins Gesicht bekommen hätte. Geister kann man nicht verprügeln. Aber eine drohende Geste lässt selbst einen Toten zusammenzucken.

Plötzlich drehte die runzelige Frau dem Gescholtenen den Rücken zu, hob den Rock hoch und zeigte ihm ihr nacktes Hinterteil. Sie trug keinen Schlüpfer. Dieser Anblick ließ den Mann erschauern und erfüllte ihn zugleich mit tiefer Scham.

Ich trat näher und fragte die drei Leute, warum sie den betagten Bauern derartig behandelten. Einer der Männer drohte mir mit der Faust und sagte:

»Das geht Sie nichts an. Wir bestrafen den Kerl bloß ein bisschen.«

Ich zog mich zurück, und die Aktion ging weiter. Nach einiger Zeit fanden die Angreifer, dass der Mann genug hatte, und entfernten sich. Im Gehen sagten sie drohend:
»Nach einem Jahr bist du wieder fällig, denk daran!«
Erleichtert atmete der Mann auf. Ich half ihm hoch, obwohl er es auch allein geschafft hätte, körperliche Wunden entstehen bei einem Geist ja nicht. Ich fragte den Misshandelten nach der Ursache für den Vorfall. Mit einem matten Lächeln sagte er:
»Sie sind ein junger Mann, also kennen Sie mich nicht. Ich bin Vihtori Kosola.«
Er erzählte, dass er zu Lebzeiten die politisch umstrittene Lapuabewegung angeführt habe und später Vorsitzender der Vaterländischen Volksbewegung gewesen sei, nämlich bis 1936.
»In jenem Jahr starb ich.«
Dieser Mann war also der berühmte Vihtori Kosola. Ich hatte viel über ihn gelesen: Er war hart und grausam gewesen, und seine politischen Mittel hatten vorrangig aus Gewalt und Gesetzlosigkeit bestanden. Er wurde gehasst und gefürchtet, von seinen Anhängern jedoch geradezu vergöttert. Er war ein ostbottnischer Bauer, ein rechtsextremer Faschist, ein gnadenloser Menschenjäger und Kommunistenhasser gewesen.
Und jetzt war er ein fügsamer alter Mann, der seine Taten zugab, sich für sie schämte und sich freiwillig quälen und beschimpfen ließ. Wie der Tod doch den Menschen verändert, dachte ich. Vorsichtig erkundigte ich mich, warum

man ihn vorhin auf so schlimme Art drangsaliert habe und ob denn der Mensch auch nach seinem Tod für seine Missetaten büßen müsse.

»Ich war ein furchtbar böser Mann, und deshalb quälen sie mich«, erklärte Kosola.

»Aber müssen Sie sich das gefallen lassen? Sie könnten doch im Handumdrehen ins Weltall verschwinden, Sie haben keinen Grund, sich Ihren Quälgeistern auszuliefern«, gab ich zu bedenken.

Kosola sah mich traurig lächelnd an und schüttelte den Kopf. Dann sagte er, dass ihn die Flucht ins Weltall nicht reize, im Gegenteil, er habe Angst, sich dorthin abzusetzen. Außerdem könne er sich glücklich schätzen, dass man ihn nicht noch grausamer bestrafe. Es hätten sehr viel schlimmere Qualen auf ihn zukommen können, denn er habe zu Lebzeiten wirklich böse Dinge getan. Außerdem sei er gläubig gewesen und wolle nun im Jenseits für seine Sünden büßen.

»Die Hölle oder den Himmel habe ich hier nicht gefunden, und auch von Gott habe ich nichts gehört, aber ich habe gemerkt, dass böse Menschen gequält werden, und damit ist alles klar. Hitler zum Beispiel wird angeblich dermaßen gejagt, dass er keinen Moment Ruhe hat, ständig ist jemand hinter ihm her.«

Ich wurde nachdenklich. Also erwartete den Menschen nach seinem Tod doch eine Art Jüngstes Gericht, eine Zeit der Sühne? Falls es so war, wer lenkte dann dies alles? Funktionierte das ganze System von allein, irgendwie automatisch? Wer bestimmte, was falsch und was richtig war? Konnte es passieren, dass auch hier im Jenseits die Willkür um sich griff, dass Menschen unterdrückt wurden, genauso wie im Leben? Ich fragte Kosola, wer die Leute gewesen waren, die ihn vorhin schikaniert hatten.

»Sie sagen, dass sie die Sache der Verfolgten vertreten. Leute, die die schmutzige Arbeit machen, finden sich ja immer, wenn nur jemand befiehlt. Wenn das Ganze aber ausufert, ist Schluss. Hier werden keine Übertreibungen geduldet so wie früher im Leben. Es sind stets Augenzeugen in der Nähe, und weil niemand um sein Leben fürchten muss, kann Unrecht schnell gestoppt werden. Anders war es zu meiner Zeit in Ostbottnien, wir haben gemacht, was wir wollten.«

Nachdem er eine Weile über sein Schicksal nachgedacht hatte, konstatierte er:

»Und wie ich vorhin schon sagte, geschieht es mir ganz recht. Außerdem passiert es ja nicht täglich, nur einmal im Jahr. Anfangs war es hart, da schwoll mir dann doch der Kamm, aber das hat sich inzwischen gegeben. Jetzt macht es mir nicht mehr so viel aus ... und sie haben versprochen, dass sie bald damit aufhören. Mal sehen.«

Ich fragte ihn noch, ob es nicht vernünftiger wäre, sich zumindest an diesen jährlichen Straftagen irgendwo anders zu verstecken und sich nicht gerade hier in Mäntsälä aufzuhalten. Er könnte sich doch nach Australien oder in eine andere entlegene Gegend zurückziehen, wo er nicht so leicht zu finden wäre.

»Sie finden dich immer, ich habe es anfangs versucht. Hier bewegen sich alle mit der Kraft des Gedankens, davor kann man nicht flüchten. Klar, man kann in irgendein Gebüsch oder eine Höhle kriechen, aber da wird die Zeit lang. Übrigens, als Stalin starb, das war in den Fünfzigerjahren, da soll er gleich vom Sterbebett mit fliegenden Fahnen in den Himmel gesaust sein, um den Marschällen und Generälen zu entkommen, die er in den Dreißigerjahren hatte erschießen lassen. Aber sie haben ihn eingeholt. Es soll ein richtiges Spektakel gewesen sein, Tausende von Offizieren hingen an Stalins Stiefeln, und jeder der Kerle hatte wiederum seine eigenen Verfolger an den Hacken ... aber vielleicht ist das auch nur ein Gerücht, ich selbst habe Stalin hier noch nicht gesehen.«

Hinter dem Gebäude des Busbahnhofs kam ein schmächtiger Kerl mit stechenden Augen hervor; ich glaubte in ihm die Züge von Pastor Eljas Simojoki zu erkennen, obwohl er den Kopf abwandte. Er begrüßte Kosola kurz, und wortlos verließen beide gemeinsam den Ort.

11

Etwa einen Monat nach meinem Tod verspürte ich überall im Körper ein seltsames Kribbeln, so als wäre er von oben bis unten leicht entzündet. Richtig krank fühlte ich mich nicht, nur unruhig, und mir war heiß. Ich fragte einen älteren Toten, was die Ursache sein mochte. Er erklärte, dass es sich dabei um ganz normale Anzeichen von Verwesung handle.

»Sie haben jetzt so lange in Ihrem Grab gelegen, dass Ihr Leichnam zu verfaulen und zu verfallen beginnt. Das spürt auch der Geist, allerdings sind die Symptome nur sehr leicht, während der Körper in dieser Phase bereits ziemlich übel aussieht.«

Das also war die Ursache des Kribbelns. Im Lichte dieser Erkenntnis begann ich mein Befinden genauer zu beobachten, und so wurde der Verwesungsprozess zu einer sehr interessanten Zeit.

Die Verwesung des menschlichen Körpers dauert insgesamt ziemlich lange. Ich konnte feststellen, dass zuerst der Bauch mit den inneren Organen verfault, dann folgt das Gehirn und zum Schluss die Gliedmaßen. In den Knochen und im Mark kribbelte es mir so gut wie nicht, woraus ich schloss, dass die Maden dort noch nicht knabberten. Im Laufe der Jahre würde jedoch auch das irgendwann der Fall sein. Ich durfte dann nur nicht außer Acht lassen, dass es sich um den Verwesungsprozess handelte, und nicht etwa annehmen, es sei ein Anfall von Rheumatismus oder Gicht.

Jedenfalls rief mir all dies mein Grab in Erinnerung, in dem der Verwesungsprozess vor sich ging, und ich beschloss, mal wieder nach meiner letzten Ruhestätte – oder vielmehr dem Ort meiner Verwesung – zu sehen. Mich interessierte, ob das Grab mit der nötigen Pietät gepflegt wurde, ob es mit Blumen geschmückt und geharkt worden

war und ob meine Witwe bereits einen Grabstein besorgt hatte.
Vor Ort präsentierte sich mir mein Grab in leidlichem Zustand. Auf dem Hügel wuchs kein Unkraut, was nicht viel hieß, denn es war Spätherbst, und bei dieser kalten Witterung wuchs selbst an ungepflegten Stätten keines. Blumen standen auch dort, allerdings wohl schon eine ganze Weile. Sie waren verwelkt und ließen die Köpfe hängen, es waren rote Nelken in einem Plastikgefäß. Der Wind hatte sie gezaust, sodass sie ziemlich erbärmlich aussahen. Ich schätze, dass etwa vor zwei Wochen zuletzt jemand dort gewesen war.
Ein Grabstein war nicht vorhanden. Wer weiß, ob überhaupt einer bestellt worden ist, dachte ich verärgert. Am besten kümmerte man sich selbst um diese Dinge, dann wurden sie wenigstes nicht vergessen. Würde mein Grab weiter so nachlässig gepflegt, wollte ich nicht wissen, welchen Anblick es im nächsten Sommer bieten würde. Wieder einmal kam es mir vor, als sei ich umsonst gestorben.
Ziemlich ungehalten beschloss ich, zu Hause nachzusehen, was meine Witwe trieb, da sie es nicht für nötig hielt, häufiger mein Grab zu besuchen, obwohl nach meinem Tod noch nicht viel Zeit vergangen war. Alle anderen Witwen gehen während der ersten Monate fast täglich zum Grab ihres Mannes, dachte ich wütend.
Meine Witwe sah blendend aus, das musste ich ein wenig verärgert zugeben, als ich sie im Wohnzimmer beobach-

tete. Sie wischte Staub, summte vor sich hin, stellte Blumen in eine Vase. Hier standen die Dinger rum, aber zu meinem Grab wurden keine gebracht!
Anscheinend erwartete sie einen Gast. Sie stellte eine Weinflasche bereit, dann holte sie aus der Küche Käsehäppchen und arrangierte sie auf dem Tablett, das ich ihr im vorigen Jahr zu Weihnachten gekauft hatte.
Ich betrachtete all die vertrauten und lieb gewordenen Gegenstände um mich herum. Mein Schreibtisch stand noch an seinem Platz, die Schreibmaschine aber war fort. Ob meine Witwe sie verkauft hatte? Aus der Flurgarderobe waren alle meine Sachen verschwunden, das war irgendwie erschreckend. An den Bügeln hingen Kleidungsstücke meiner Witwe, und zwar in reichlichen Mengen, sie hatte ihre Garderobe großzügig ergänzt, natürlich mit der neuesten Herbstmode.
Auf dem Bücherregal lag wie eh und je mein verstaubtes astronomisches Fernrohr. Damit hatte ich die Sterne am Himmel betrachtet, auch diesen und jenen Planeten vor die Linse bekommen. Als ich in den Erinnerungen an mein früheres Hobby schwelgte, fiel mir auf, dass ich die dabei gewonnenen Erkenntnisse nutzen konnte, um die einzelnen Abschnitte der Milchstraße zu besuchen, ohne Angst haben zu müssen, mich zu verirren, denn viele Sternbilder waren mir vertraut. Ein eindeutiger Vorteil gegenüber denen, die sich in religiösem Eifer auf das Jenseits vorbereitet hatten. Schon oberflächliche Kenntnisse vom Weltall helfen dem Toten, dort herumzureisen, während

für theologisches Wissen eigentlich keine Verwendung besteht.
Unter meinem Schreibtisch entdeckte ich meine Pantoffeln, die dort noch standen. Es rührte mich, sie zu sehen, der Anblick erwärmte mein Herz und meine Füße.
Meine Witwe ging unterdessen ins Badezimmer, um sich zurechtzumachen. Sie strich sich vor dem Spiegel das Haar zurecht, zupfte mit der Pinzette an ihren Augenbrauen herum, schminkte sich die vollen Lippen, grimassierte ein paar Mal, um die passende Miene hervorzulocken. Sie wählte einen halb schwermütigen, halb sehnsuchtsvoll heiteren Blick. Durch den Spiegel hindurch starrte ich ihr fest in die Augen und konnte so ihre Gedanken lesen, die um die Wahl des Gesichtsausdrucks kreisten:
»Ich sehe besser aus, wenn ich traurig blicke. Sind meine Lippen eigentlich zu dick? Vielleicht sollte ich sie ein bisschen kleiner malen. Oder ich gebe zum Ausgleich ein bisschen Rouge auf die Wangen. Ja, das mache ich.«
Sie verteilte das kosmetische Produkt an den entsprechenden Stellen und wirkte zufrieden, als sie das Ergebnis betrachtete. Während sie anschließend pinkelte, sah ich mich prüfend im Bad um, ob dort noch irgendetwas an mich erinnerte.
Mein Rasierzeug war weg. Auch mein Bademantel war entfernt worden. Das Handtuch dagegen hing noch da, es war mit Sonnenblumen verziert, und auf die größte in der Mitte hatte meine Frau seinerzeit in Blockbuchstaben das Wort VATI gestickt. Das war damals gewesen, als wir

beschlossen hatten, uns ein Kind anzuschaffen. Wenn das dann doch nicht geklappt hatte, lag es daran, dass meine Frau heimlich begonnen hatte, die Pille zu nehmen. Zudem hatte sie noch behauptet, ich sei unfruchtbar! Nun, so viel zu diesem Thema. So hatte ich wenigstens keine Waisen hinterlassen.

Als meine Witwe mit dem Pinkeln fertig war, ging sie wieder ins Wohnzimmer. Bald würde der Gast eintreffen, alles war vorbereitet. Ich rätselte, wen sie wohl erwartete, und kam zu dem Ergebnis, dass es sich vermutlich um ihre Schwester handelte, die Frau also, die auf meiner Beerdigung so attraktiv ausgesehen hatte. Daher beschloss ich zu warten, denn es würde mir eine Freude sein, sie wiederzusehen.

Als es an der Wohnungstür klingelte, eilte ich in den Flur. Ungeduldig wartete ich auf meine Witwe, die geziert zur Tür stöckelte. Bevor sie öffnete, überprüfte sie im Flurspiegel noch einmal ihr Gesicht.

Ein Mann stand draußen, ein großer Kerl, der seine Pranke um einen Blumenstrauß presste. Er lächelte dümmlich und machte eine übertriebene Verbeugung, ehe er hereintrampelte. Herrgott, war ich wütend!

»Ich hab unterwegs ein paar Blumen gekauft«, sagte er, und seine Ohren glühten. »Ich dachte, vielleicht muntern sie dich auf. Aber ich weiß gar nicht, ob sich das in der Trauerzeit überhaupt schickt.«

Meine Witwe antwortete scheißfreundlich:

»Blumen geben dem Menschen Kraft in der Trauer … wie auch in der Freude. Nun tritt erst mal ein.«

Der Mann dachte bei sich: »Es hat sich gelohnt, dass ich gekommen bin.«

12

Der Kerl, der in mein Heim eindrang, war außer mit Blumen, die meiner Witwe schmeicheln sollten, auch mit einer Mappe voll belangloser Fotokopien und anderer Papiere bewaffnet, die er auf dem Wohnzimmertisch ausbreitete. Er war also immerhin gerissen genug, nicht direkt sein Ziel anzusteuern, nämlich eine Witwe in ihrer Trauerzeit zu verführen, und hatte vorsichtshalber ein ganzes Bündel Vorwände mitgebracht.
Zerstreut sichteten die beiden die Papiere. Meine Witwe versuchte ein wenig darin zu lesen, während sie bei sich dachte:
»Gleich schenke ich schon mal Wein ein. Sonst muss ich mich tatsächlich noch ernsthaft mit diesen langweiligen Akten befassen.« Sie füllte zwei Gläser, und der Mann schob die Papiere beiseite. Dann lockerte er die Krawatte, hob das Glas und dachte: »Ob ich jetzt gleich die Schuhe ausziehe?«
Die beiden besprachen der Form halber noch ein paar belanglose Dienstangelegenheiten, und dann begannen sie von mir zu reden. Ich war schon drauf und dran gewesen, die Wohnung zu verlassen, besann mich aber anders, als sich die Unterhaltung meiner gestorbenen Person zuwandte.

Der Mann bedauerte meinen Tod, und meine Witwe dankte ihm für seine Worte. In Wirklichkeit dachte der Kerl: »Gut, dass er tot ist«, und meine Witwe: »Er ist ein Gentleman, denkt an mich und nimmt Anteil an meinem Schicksal.«
Dann wurde beklagt, dass ich keine Unfallversicherung gehabt hatte. Ich war angeblich gegen den Abschluss gewesen, hatte gesagt, ein gesunder Mann brauche so etwas nicht. Jetzt wäre die Versicherung jedoch von großem Nutzen, fanden sie. Ich dachte: »Ätsch, jetzt ist nichts da, was ihr verplempern könnt.«
Der Mann untersuchte mein Bücherregal mit einer Miene, als wollte er meinen literarischen Geschmack testen. Er behauptete, einige der Werke gelesen zu haben. In Wahrheit dachte er bei sich, dass er sich nie die Mühe machen würde, auch nur einen dieser Wälzer überhaupt aufzuschlagen.
»Ich glaube, wir haben einfach zu viele Bücher«, sagte meine Witwe beflissen. »Welchen Sinn macht es für den Einzelnen, seine Wohnung mit Büchern voll zu stopfen, wenn sie in der Bibliothek kostenlos allen zur Verfügung stehen.«
Diesen Worten entnahm ich, dass bald an der Stelle meines Bücherregals eine Glasvitrine voll dämlichen Porzellanhunden und -katzen stehen würde. Meine Bücher würden vermutlich ins Antiquariat wandern, was ihre Rettung wäre, denn dort würden sie vielleicht Interessenten finden. Andernfalls würden sie hier im staubigen Regal verschimmeln, all die wunderbaren Bände.

Bald war der Flirt in vollem Gange. Der Mann zog seine großen Schuhe aus, und meine Witwe brachte ihm meine Pantoffeln – unerhört! Die Unterhaltung wurde kühner, und ich konstatierte, dass der Mann erregt dachte: »Die Sache läuft gut.«

Und das stimmte tatsächlich, denn bald hatte er sein Ziel erreicht. Schon eine halbe Stunde nach dem Öffnen der Weinflasche wälzten sich die beiden mit glühenden Wangen im Schlafzimmer auf dem Bett. Frustriert erinnerte ich mich, wie es gewesen war, als ich dieselbe Frau einst zum ersten Mal verführt hatte: Ich hatte den ganzen Nachmittag, den Abend und fast noch die ganze Nacht gebraucht, ehe es so weit war.

Und nun beobachtete ich finster von der Schlafzimmertür her, wie der Mann zur Sache ging. Ich schämte mich und war wütend. Eigentlich wollte ich gar nicht Zeuge sein, aber ich brachte es auch nicht fertig zu verschwinden. Also versuchte ich, nicht hinzusehen, was aber nicht viel half, denn die Stöhnlaute waren nicht zu überhören. Meine Witwe gurrte eigenartig, das hatte sie bei mir nie getan. Widerwillig musste ich zugeben, dass dieser Kerl, der ins Trauerhaus eingebrochen war, sich besser auf Frauen verstand, als ich es getan hatte.

Voller Zorn verließ ich mein Heim und beschloss, nie wieder zurückzukehren. Zwischen meiner Witwe und mir war es jetzt endgültig aus, peng! Draußen war ich immer noch so aufgeregt, dass ich gegen eine Wand rannte.

Um mich zu beruhigen, besuchte ich den Friedhof von

Malmi. Ich trat an mein Grab und betrachtete es niedergeschlagen. Jetzt wusste ich, dass es nicht mit sehr liebevollen Händen gepflegt würde. Vermutlich würde nicht mal ein Gedenkstein aufgestellt.

Die Vorgänge in meiner Wohnung hatten mich tief deprimiert. Ich betrachtete sie als Strafe dafür, dass ich zu Lebzeiten so uneffektiv gewesen war und auch meine Beziehungen zu Frauen viel zu oberflächlich gestaltet hatte. So hatte ich eben die Ehefrau bekommen, die ich verdiente. Wenn ich plötzlich wieder ins Leben zurückkehren könnte, dachte ich, dann würde ich mich als Erstes von meiner Frau scheiden lassen und sehr genau hinschauen, ehe ich erneut heiratete. Die neue Partnerin dürfte so hässlich sein, wie sie wollte, Hauptsache, sie hätte wenigstens einen Funken Verstand und wäre treu. Aber unnütze Männer heiraten unnütze Frauen, das musste ich jetzt erkennen.

Was ich eben erlebt hatte, schmerzte mich so sehr, dass ich gegen die Nelken auf meinem Grabhügel trat. Natürlich vibrierten sie nicht einmal, und auf dem Hügel waren auch keine Fußspuren zu sehen, obwohl ich in meiner Wut darauf herumsprang. Ich verspürte lediglich ein Kribbeln in der Bauchgegend als Zeichen dafür, dass ich an dieser Stelle wahrscheinlich schon Brei war, igitt.

Auf dem Friedhof hielten sich ein paar Lebende auf, die nicht den geringsten Anstoß an meinem Treiben nahmen. Dafür warfen mir die Toten, die zufällig in der Nähe waren, missbilligende Blicke zu. Wahrscheinlich hielten sie mich für einen Geisteskranken, der nach seinem Tod aus irgendeinem Grund hier auf dem Friedhof herumtobte. Beschämt hörte ich auf zu randalieren und verließ den Ort. Traurig dachte ich, dass von mir nichts Besseres zurückblieb als ein schlecht gepflegter Grabhügel. So wenig hatte ich in meinem Leben zustande gebracht. Und als Belohnung konnte ich mir nun ausmalen, wie in meiner Wohnung weiter mein Andenken entweiht wurde.

13

Nach dem Tod hat der Mensch die Gelegenheit, all das Versteckte zu sehen, von dessen Vorhandensein er wusste, es aber zu Lebzeiten nicht überprüfen konnte. Viele frisch Verstorbene haben einen starken Hang zum Voyeurismus, den sie sofort, kaum dass sie das Zeitliche gesegnet haben, befriedigen. Vor allem Jugendliche sausen los, um nackte Frauen zu beobachten, oder sie verfolgen mit staunenden Augen, was in den Zimmern der Bordelle geschieht. Dann wieder gibt es ein ganzes Heer von Geistern, die grenzenlosen Gefallen daran finden, Berühmtheiten wie Staatsmänner, Schriftsteller, Bischöfe und andere illustre Personen zu Hause zu beobachten. Sie wollen sehen, wie der Premierminister im Schaumbad liegt, und führen sorgfältig Buch über dessen Sexualleben mit seiner Gattin. Wenn der Erzbischof auf die Toilette geht, folgen ihm jedes Mal mindestens zehn frisch verstorbene Matronen, die sich nicht genug darüber wundern können, dass Ehrwürden dieses Geschäft ebenso irdisch erledigt wie jeder x-beliebige andere. Wenn sich Präsident Kekkonen rasiert, beobachtet ihn eine Legion neugieriger Frischverstorbener, und wenn der Schriftsteller Väinö Linna seinen Barschrank öffnet, verfolgt eine ganze Geisterarmee mit angehaltenem Atem jede seiner Handbewegungen und jeden Schluck, den er nimmt.

Ist die Neugier dann befriedigt, lässt man die Berühmtheiten in Ruhe, aber es sterben ja immer wieder Menschen, die wissen möchten, was die großen Männer der Nation im Privatleben so treiben.

Wir Tote unterhalten uns oft über die sonderbaren heimlichen Gewohnheiten der Menschen. So hat man mir erzählt, dass es durchaus nichts Außergewöhnliches ist, wenn sich zum Beispiel eine Büroangestellte abends nach der Rückkehr von der Arbeit nackt auszieht und vor einem großen Spiegel tanzt. Da ist es dann kaum noch eine Überraschung, wenn die junge Dame, die zufällig drei fette Katzen besitzt, sich zwei davon unter die Arme und die dritte zwischen die Beine klemmt und so, mit den Tieren am Körper, weitertanzt, dass das Fell nur so stiebt. Verwundern mag höchstens noch die Tatsache, dass die Katzen gelernt haben, das alles zu mögen. Sie sitzen am Nachmittag schon hinter der Tür und maunzen in Erwartung ihres heimkehrenden Frauchens und des Moments, da sie in ihre Achselhöhlen oder gar an den Platz zwischen ihren Beinen gelangen, um sich im Takt des Tanzes zu wiegen.

Oder ein anderer Fall: In Vuosaari wohnt ein seltsamer Typ, der sein Schlafzimmer als öden Kerker eingerichtet hat. Er lebt allein, so wie auch langjährige Häftlinge keine Gesellschaft haben. Also muss er von Zeit zu Zeit seinen eigenen Wärter spielen. Er bereitet sich armseliges Essen zu, dem er den Geschmack von Gefängniskost zu geben versucht. Mit unfreundlichem Knurren knallt er den Napf mit der elenden Mahlzeit auf den eisenbeschlagenen Tisch in der Zelle, verlässt diese polternd, um gleich darauf wieder hineinzuschlüpfen und sich lustlos ans Essen zu machen. Ab und zu rüttelt er verzweifelt an den Gitterstäben, die er an seine Schlafzimmertür geschweißt hat. Oder er betrachtet sich selbst durch den Spion; denn dahinter, auf der anderen Seite der Tür, hat er eine Spiegelscherbe angebracht, sodass ihn durch die Öffnung immer das düstere Auge des Wärters anstarrt. Insgesamt fühlt er sich in seinem Gefängnis außerordentlich wohl, obwohl er sich das natürlich nicht eingesteht, denn dann gingen die Authentizität und der damit verbundene Genuss verloren. Er kleidet sich in Häftlingskluft, klebt an die öden Wände seiner Zelle Bilder, die er aus Männermagazinen ausgeschnitten hat, und wenn ihm der Betonfußboden des Zimmers zu rau und kalt wird, verlangt er lautstark nach Abhilfe. Manchmal schaut er durch das vergitterte Fenster auf den Hof hinaus, dann werden seine Augen feucht vor grenzenloser Sehnsucht nach Freiheit, und er fühlt sich außerordentlich glücklich. Von Zeit zu Zeit schreibt er Klagebriefe an die Außenwelt, zensiert sie aber selbst so stark, dass nie jemand von seinem Schicksal erfährt. Leider kann er nicht ganztags im Gefängnis sitzen, denn er arbeitet als Dozent an der Helsinkier Universität. Er ist bekannt für seine ausgezeichneten Vorlesungen. Doch er träumt von seiner Pensionierung, wenn er sich endlich zu lebenslanger Haft verurteilen kann, deren Vollstreckung er gewissenhaft überwachen wird.

In den USA lebt ein Mann – und erfreut sich bester Gesundheit –, der sich darauf spezialisiert hat, sich selbst starke Stromschläge zu versetzen. Er hat sich einen hoch empfindlichen Transformator angeschafft, an dem sich die verschiedensten Messgeräte und außerdem entsprechende Vertiefungen befinden, in die er seine feuchten Finger stecken kann. Diesen Transformator kann er auf die gewünschte Frequenz und Spannung einstellen, und wenn er dann die Finger hineinsteckt, lässt der kräftige Schlag nicht lange auf sich warten. Sein ganzer Körper zittert, die Finger werden für einen Moment schwarz, seine Augen verdrehen sich. Aber sein Mund verzieht sich zu einem verzückten Grinsen, wenn er den Computerausdruck sieht, auf dem die Intensität des jeweiligen Stromschlags registriert ist. Über seine Aktivitäten führt er ein genaues Tagebuch. Seinen persönlichen Rekord stellte er im Jahr 1969 auf. Damals hatte er sich eine Ladung versetzt, die ausgereicht hätte, einen ausgewachsenen Bison umzuhauen. Dieser Mann ist der Eigentümer eines florierenden Unternehmens, das Grabsteine aus Glasfiber herstellt und vertreibt. Er träumt davon, sich eines Tages einen

Transformator anzuschaffen, von dem er eine ganze Serie von Stromstößen empfangen kann, und zwar so, dass er mit dem Fuß das Tempo und die Stärke der Stöße nach Belieben regulieren kann. Ein solches Gerät muss speziell angefertigt werden und ist außerordentlich teuer, aber er wird es sich unbedingt besorgen, wenn er nicht vorher an einem Stromschlag stirbt.

Andere Menschen sind der Sammlerleidenschaft verfallen und stopfen sich ihr Heim mit dem sonderbarsten Krempel voll. So hat zum Beispiel ein Brite gewaltige Mengen von Hufeisen aus allen Ecken der Welt zusammengetragen. Seine ganze Wohnung ist voll damit, sie sind unterschiedlichen Alters und unterschiedlicher Größe, bestehen aus Stahl oder aus Eisen, auch Gleitschutzhufeisen oder zierliche versilberte sind darunter. Außerdem hat er im Laufe der Jahre tonnenweise Hufnägel gesammelt, die er in großen Glasvitrinen zur Schau stellt. Wenn er seine Beute inventarisiert, verzieht sich sein Mund zu einem Lächeln, das so breit ist wie das Hufeisen eines belgischen Arbeitspferdes.

Es gibt auch einen zähen Kirgisen, der in der Steppe einen Brunnen gräbt. Er hat seine Arbeit bereits im Jahre 1923 aufgenommen und ist immer noch dabei, ohne dass irgendjemand von dem Projekt weiß. Inzwischen hat sein Brunnen bereits einen Umfang von sechzig Metern und ist bald ebenso tief. Wasser ist noch nicht darin, und es wird auch keines geben, aber das ist dem Kirgisen nicht wichtig, denn er findet, dass das Graben an sich die Hauptsache ist.

Er ist schon ein alter Mann, und es wäre in der Tat besser, wenn er stürbe, ehe die Kameras der Spionagesatelliten der Großmächte den sonderbaren Brunnen entdecken und so das Projekt vorzeitig bekannt wird.

In Irland lebt ein Kerl, der dadurch ins Guinnessbuch der Rekorde gelangen will, dass er auch nach dem fünfzigsten Lebensjahr noch weiter wächst. Er dehnt sich, indem er sich nackt an eine Sprossenwand hängt und seine Nächte an einem starken Zuggerät verbringt. Daher ist er jetzt, mit sechzig Jahren, gut zwanzig Zentimeter größer als mit dreißig. Seine Wirbelsäule musste mehrfach wegen gebrochener Knorpel operiert werden, und inzwischen befinden sich zwischen beinahe sämtlichen Wirbeln Silberstücke von beträchtlicher Länge. Im Rahmen dieser immer wieder vorkommenden Operationen hat er einen verständnisvollen und experimentierfreudigen Chirurgen kennen gelernt, der sein linkes Bein schon mehrmals am Oberschenkel durchschnitten hat, sodass es inzwischen sieben Zentimeter länger als das rechte, vorläufig unbehandelte Bein ist. Er misst sich täglich, und sowie er auch nur einen Millimeter zusätzlicher Länge registriert, hellt sich seine Miene auf und sein vom ständigen Dehnen steifer Körper entspannt sich: Der Mann ist glücklich. Auf seinen ungleichen Beinen humpelt er ins Bett, wo er eine starke Stahlfeder spannt, die ihn in den Schlaf zieht.

Hier im Jenseits erzählt man sich auch die wahre Geschichte eines schrecklichen Vorfalls, bei dem eine ganze Gruppe Londoner Hexen umkam. Vor zwei Jahren nämlich versammelten sich etwa zehn Hexen in einem verlassenen, abrissreifen Etagenhaus in einer elenden Londoner Vorstadt. Dort beschworen sie in ihrer nächtlichen Sitzung die Geister – also solche wie uns –, was das Zeug hielt. Sie tanzten ihre grässlichen Tänze und schworen sich drohende Eide. Die Stimmung war so grausig, wie es sich gehörte. Die Hexen waren sehr zufrieden mit ihrer Party, bis das alte Haus plötzlich zusammenfiel und sie alle unter sich begrub. Im Handumdrehen gaben sie ihre selbst beschworenen Geister auf, und im fahlen Morgenlicht flatterten ihre Seelen unschlüssig aus dem Trümmerstaub hinauf in den Himmel. Sehr große Geisteskraft hatten die Hexen offenbar nicht besessen, denn bis zum Abend hatte sich auch die letzte von ihnen in Luft aufgelöst. Es erging ihnen also genauso wie allen anderen, die im Leben nicht allzu häufig ihren Kopf bemühen. So war der Tod für sie, außer einer überraschenden, auch eine traurige Erfahrung, da sie so wenig davon hatten.

14

Wenn der Mensch stirbt, muss er viele Gewohnheiten aufgeben: Er isst nicht mehr, pflanzt sich nicht fort, zieht sich nicht an oder aus. Der Tod bedeutet quasi den Beginn endgültiger Arbeitslosigkeit, da zwangsläufig die Betätigungsmöglichkeiten schrumpfen. Vielen geschäftigen und betriebsamen Menschen verursacht die Tatenlosigkeit, die mit dem Tod einhergeht, beträchtliche Anpassungsschwierigkeiten.

Anders bei mir: Ich hatte schon im Leben hauptsächlich gepflegtes Faulenzen betrieben, hatte mich umgeschaut und mir meine Gedanken gemacht. So fand ich es jetzt eigentlich ganz angenehm, dass ich mich nach Herzenslust in der Welt bewegen und von oben das Leben und Treiben der Menschen verfolgen konnte.

Einer dieser geruhsamen Ausflüge führte mich eines Novembertages ins Krankenhaus von Jorvi, eine neue und imposante Einrichtung in Espoo. Ich beschloss, mich umzusehen, ob dort vielleicht Patienten im Sterben lagen. Dann wollte ich der Erste sein, dem der neue tote Finne begegnete, wollte ihm das Jenseits ein wenig zeigen und ihm beim Eingewöhnen helfen.

Natürlich sterben in Jorvi Leute, das passiert immer wieder. Aber im Großen und Ganzen sind das uninteressante, von ihren Krankheiten gezeichnete Patienten, in deren Gesellschaft man sich nicht lange aufhalten mag. Im Grunde ist es im Jenseits nicht anders als im Leben: Die Mehrheit ist eine nichts sagende Masse.

Auf der Frauenstation für innere Medizin lag jedoch eine Patientin in den Dreißigern, die in jeder Hinsicht gesund und lebendig aussah und mein Interesse weckte, sowie ich sie sah. Sie lag in ihrem Krankenbett, das lange rote Haar malerisch um den Kopf ausgebreitet, die Augen halb geschlossen. Sie sah wirklich bezaubernd aus, war auch gut gebaut – das sah ich, als sie ins Bad ging. Zwar war sie nicht atemberaubend schön, aber außerordentlich hübsch und reizend. Ich verliebte mich auf den ersten Blick in sie. Als ich sie in der Badewanne sah, errötete ich, und ich verfluchte die Tatsache, dass ich tot und sie noch am Leben war. Gleich darauf schreckte ich vor meinen Gefühlen zurück: War das überhaupt zu vertreten? Ein toter Mann verliebt sich in eine lebende Frau! Ist so etwas nicht pervers? Wenn sich ein lebender Mensch sexuell von toten Körpern angezogen fühlt, nennt man das Nekrophilie, und wenn er dabei erwischt wird, sperrt man ihn für Jahre ins Gefängnis, um seinem schmutzigen Trieb Einhalt zu gebieten.

Ich versuchte mich damit zu beruhigen, dass dieses Mädchen zwar eine Lebende war, dass sie aber auf jeden Fall todkrank und ihr Weg ins Jenseits bereits vorgezeichnet war. Ein derart schwer kranker Mensch ist ja schon so gut wie tot, redete ich mir ein. Dann schlug ich mir symbolisch an die Stirn: Wie konnte ich nur so niederträchtige Ausreden für meine schamlosen Gefühle erfinden?

Doch wie unter einem Zwang ging ich von nun an täglich zu dem Mädchen in die Klinik. Ich saß manchmal stundenlang an ihrem Bett und beobachtete sie nur. Und von Tag zu Tag gewann ich sie lieber.

Natürlich erfuhr Propst Hinnermäki von dieser Romanze, und er tadelte mich dafür. Er erklärte, dass ihm mein Verhalten ganz und gar nicht normal vorkomme.

»So etwas nennt man drüben auf der anderen Seite …«

Ich unterbrach ihn:

»Ich weiß, ich weiß. Das ist Nekrophilie. Aber ich sitze ja

nur hier und sehe sie an, ich habe sie nicht angerührt«, verteidigte ich mich.

»So fängt es immer an«, murmelte er unfreundlich. »Aber ich werde dich nicht länger kritisieren. Die Liebe scheint auch im Tod ebenso blind zu machen wie im Leben. Zum Glück sind bei toten Männern wenigstens keine äußeren Zeichen der Erregung unter der Gürtellinie sichtbar!«

»Sie reden unanständig, verehrter Propst.«

»Ein toter Propst ist ein ehemaliger Probst«, sagte er nur, und dann erzählte er eine Neuigkeit: Der Papst war nach Helsinki gekommen, um mich zu treffen, so wie wir es im Herbst in Rom vereinbart hatten. Er war vor ein paar Tagen auf dem Senatsplatz aufgetaucht und würde heute wiederkommen. Bei den Toten, die sich dort aufhielten, hatte er nach mir gefragt und mir ausrichten lassen, dass er ein Anliegen habe. Kein sehr wichtiges, aber immerhin.

Ich ärgerte mich. Was hatte der Papst gerade jetzt hier herumzuflattern? Wäre er doch früher gekommen, als ich noch reichlich Zeit hatte! Nun konnte mich nur wegen eines Papstes keiner aus der Klinik von Jorvi locken. Meine kranke Liebste schien gerade dieser Tage an einem entscheidenden Punkt angelangt: Ihr Zustand würde sich entweder rapide verschlechtern, oder sie würde gänzlich genesen. Ich konnte sie jetzt auf keinen Fall allein lassen. Womöglich würde sie sterben, während ich den Papst traf, oder, noch schlimmer, sie würde genesen, und man würde sie nach Hause entlassen. Wie sollte ich dann erfahren, wo sie wohnte?

Ich bat Propst Hinnermäki, dem Papst mit einem Gruß von mir auszurichten, dass ich momentan verhindert sei und nicht in der Lage, er möge es mir nicht übel nehmen. Ich würde Kontakt zu ihm aufnehmen, sowie ich es einrichten könne.

»Du solltest bedenken, dass er immerhin Papst Pius IX. ist«, ermahnte mich Hinnermäki.

Ich warf dem Propst einen vernichtenden Blick zu, und wenn er nicht tot gewesen wäre, hätte er sich garantiert erschrocken. Seufzend verließ er die Klinik, im Weggehen sagte er noch:

»Hoffentlich wird das Mädchen bald gesund, damit du hier nicht länger herumsitzen musst. Sonst verbringst du noch den ganzen Winter in der Klinik.«

Hinnermäki entschwebte im Schneefall in Richtung Helsinki. Der Schnee fiel durch ihn hindurch; in seinem schwarzen Talar wirkte er wie ein großer Rabe, der melancholisch am Himmel entlangflog.

Als der störende Propst weg war, traten ein Arzt und zwei Schwestern ins Krankenzimmer. Es war also die Zeit der Visite. Nun hatte ich Gelegenheit, etwas über den Zustand des Objektes meiner Liebe zu erfahren. Dem äußeren Anschein nach schien es ihr ganz gut zu gehen.

Der Arzt schaute in die Krankenakte. Ich spähte über seine Schulter, um einen Blick auf die Kurven zu erhaschen. Dummerweise stand dort der Name der Krankheit auf Lateinisch, sodass ich nicht recht schlüssig wurde, woran die Patientin letzten Endes litt, zumal der Arzt rasch und zerstreut in den Seiten blätterte. Ich hatte Lust, ihm von hinten in die Kniekehlen zu treten, damit er einknicken und die Blätter fallen lassen sollte. Wenn sie verstreut auf dem Boden lägen, wäre es leicht für mich, sie zu studieren. Aber so etwas konnte ein Toter nun mal nicht machen – ein Lebender natürlich auch nicht, denn das gäbe garantiert einen Mordsaufstand.

Immerhin erfuhr ich, dass mein rothaariges Mädchen an irgendeiner seltenen und komplizierten Krankheit litt, mit der man sich nicht recht auskannte. Der Arzt schüttelte zweifelnd den Kopf, vielversprechend fand er ihren Zustand jedenfalls nicht, so viel begriff ich zu meiner Freude. Nach der Visite folgte ich ihm ins Büro, wo er die Patientendaten mit den Schwestern und den anderen Ärzten besprach. Auch von meiner Liebsten war die Rede.

»Die Frau kommt wohl nicht wieder auf die Beine«, sagte der Arzt.

Erfreut dachte ich: Aha, ich habe also Hoffnung!

»Wenn es nur eine normale Vergiftung wäre, hätten wir die Sache in den Griff bekommen«, ergänzte einer seiner Kollegen. »Aber mir scheint, ihre Nerven werden zerfressen. Ich bin sogar ziemlich sicher.«

Sie beschlossen, die bisherige Behandlung fortzusetzen, da sie keine andere Alternative hatten oder wussten. Ich kehrte wieder ins Krankenzimmer zurück. Dort lag mein armes, erschöpftes Mädchen, das in meinen Augen immer wunderbarer aussah, je kränker es wurde.

Während der Besuchszeiten sahen ihre Verwandten und

ihre Arbeitskollegen nach ihr. Man brachte ihr Blumen, und eifersüchtig registrierte ich, dass ein paar Mal ein strammer Kerl auftauchte und ihre Hand hielt. Einmal, als sie gerade bewusstlos war, blieb er nur kurz und nahm die Pralinenschachtel wieder mit, die er ihr hatte geben wollen.

Nach zwei Wochen war die Patientin bereits so schwach, dass die Besuche eingeschränkt wurden. Ein Vorhang wurde vor das Bett gezogen. Ich war nur froh über diese Maßnahmen, denn nun konnte ich den lieben langen Tag mit ihr allein sein. Das Ende war schon nahe, ich sah es daran, wie ihre Wangen glühten. Auch mir wurde langsam heiß: Was würde sie sagen, wenn ich mich ihr vorstellte, nachdem sie das Zeitliche gesegnet hatte?

Manchmal wurde ich unruhig: Was, wenn doch noch irgendeine Wundermedizin gefunden würde? Die Patientin würde genesen, das Krankenhaus verlassen, im Menschengewühl verschwinden und womöglich erst irgendwann mit achtzig sterben!

Aber sie wurde weiterhin von Tag zu Tag schwächer, und damit legte sich meine Unruhe. Hier war wohl nichts mehr zu befürchten, der Abgang war unvermeidlich, oder besser die Ankunft, aus meiner Sicht betrachtet. Wie glücklich war ich doch, bald würde der Tod meine Liebste holen! Sie war bereits so schwach, dass sie nicht einmal mehr die Hand heben, geschweige denn etwas essen konnte. Sie wurde immer schmaler, magerte aber nicht ganz bis auf die Knochen ab und sah so noch hübscher aus.

Die Angehörigen kamen ein letztes Mal zu Besuch. Nervös wartete ich in einiger Entfernung auf das Ende der Verabschiedung. Bald käme ich an die Reihe. Ich beschloss, mich ihr sofort nach dem Tod vorzustellen, sodass sie vor mir niemand anderem begegnen konnte. Ich wusste, dass der Erstschlag in diesen Dingen entscheidend ist, die, die später kommen, haben schlechtere Karten. Deshalb blieb ich in der letzten Phase auch nachts an ihrem Bett sitzen, damit sie ja nicht unbemerkt sterben und in meiner Abwesenheit sonst wohin schweben konnte.

Während dieser allerletzten Phase kam Propst Hinnermäki in die Klinik und erzählte, dass der Papst erneut in Helsinki gewesen sei. Ich jagte ihn schreiend und brüllend hinaus und beschimpfte ihn, weil er mich in dieser Situation, da ich Tag und Nacht wachte und auf den Tod meiner Liebsten wartete, nicht in Ruhe ließ. Kopfschüttelnd entfernte er sich, versprach jedoch, den Papst von mir zu grüßen.

Schließlich kam der ersehnte Tag, an dem diese schöne Kranke starb. Ich saß neben ihrem Bett und betrachtete ihr liebliches Gesicht, als sie leise seufzend ihren Geist aufgab und ihre herrlichen Augen schloss. Es war eine sehr weibliche Art zu sterben.

Nach und nach löste sich der Geist aus ihrem Körper, und bald war alles vorbei. Sie stand neben dem Bett und betrachtete ihre sterbliche Hülle, schüchtern und unsicher. Ich ging behutsam zu Werke, stand vorsichtig auf und stellte mich ihr vor. Dann sagte ich:

»Seien Sie ganz ruhig. Ich erzähle Ihnen gleich, was los ist. Sie sind nur gestorben, mehr ist nicht passiert.«

15

Mit großen Augen betrachtete sie ihren toten Körper.

»O mein Gott«, stöhnte sie schließlich.

Ich versuchte sie zu beruhigen und erzählte ihr, dass auch ich gestorben sei, allerdings bereits im Herbst. Ich sei Journalist gewesen und von einem Auto überfahren worden, und jetzt sei ich zufällig hier gewesen, als sie im Sterben lag.

»Es widerstrebt mir zu denken, dass ich nun tot sein soll«, sagte sie, während sie ihren Geist im Spiegel des Krankenzimmers betrachtete. Sie versuchte sich zu kneifen, um herauszufinden, ob sie noch etwas fühlte, und da sie keinen Schmerz verspürte, kam sie auf die Idee, dass vielleicht alles nur ein Traum sein könnte. Ungläubig sah sie mich an und sagte:

»Vielleicht lügen Sie mich an … und ich träume nur.«

»Nein, Sie sind tot, leider. Wenn Sie mir nicht glauben, beugen Sie sich doch über Ihren Körper und überzeugen Sie sich, dass er nicht mehr atmet.«

»Huch! Sie haben wohl Recht«, sagte sie, nachdem sie festgestellt hatte, dass ihr Körper, der im Krankenbett lag, keine Lebenszeichen mehr von sich gab. »So also ist es hier. Ich hatte mir das Leben nach dem Tod anders vorgestellt.«

Sie war immer noch ziemlich fassungslos, das konnte man ja verstehen. Der Mensch stirbt nur einmal im Leben, und das ist für die meisten eine außerordentlich einschneidende Erfahrung. Später folgt dann nur noch, dass man sich in Luft auflöst.

Ich begann meiner frisch verstorbenen Liebsten die Gegebenheiten im Jenseits zu erklären. Sie lauschte aufmerksam, stellte auch einige Fragen mit ihrer schönen, klangvollen Stimme und sah mich freundlich an. Ihr Geist war noch hübscher als ihr verstorbener Körper, das jenseitige Leben verlieh ihm eine gewisse Frische, denn die Krankheit peinigte ihn nicht länger. Ich erzählte ihr, wie sie sich von nun an fortbewegen, was sie fühlen, betrachten, riechen konnte.

»Kann ich mich irgendwo umziehen?«, fragte sie und zeigte auf den altmodischen Krankenhauspyjama, den sie im Tod anbehalten hatte.

Leider musste ich ihr mitteilen, dass es nun keine Gelegenheit mehr gab, sich neue Kleidung zu besorgen, doch ich tröstete sie mit den Worten, dass man sich hier nicht weiter um diese Dinge kümmerte. Jeder trug das, was er im Tod angehabt hatte, viele liefen in zerrissenen Klamotten herum, und manche waren völlig unbekleidet. Es gab, neben Babys, eine Menge Menschen, die nackt starben, in der Badewanne oder auf der Saunabank, und hin und wieder traf man auch solche, die mitten im Geschlechtsakt gestorben waren. All das spielte hier keine Rolle, es waren Dinge, auf die die Geister keinen Einfluss hatten. Der

Tod kommt zu seiner Zeit und richtet sich nicht nach der Mode.

»Da hatte ich ja Glück, dass ich nicht in der Badewanne gestorben bin. Mir wäre es peinlich, hier unbekleidet herumzulaufen, ich würde mich schrecklich schämen.«

»Sie haben doch einen schönen Körper, nackt wären Sie eine wirkliche Augenweide. Verzeihung, ich wollte nicht zudringlich sein.«

Sie kümmerte sich nicht um meine Worte, sondern fragte mich weiter aus:

»Was macht man denn hier so?«, wollte sie wissen.

»Tja, wie soll ich es sagen ... eigentlich gar nichts, man hält sich einfach nur auf. Hier ist für niemanden irgendwelche Arbeit zu tun. Ich zum Beispiel bin die erste Zeit nur durch die Welt gezogen, habe mir die Menschen angesehen und sonst was alles. Und es gibt ja noch all die anderen Toten, mit denen man sich unterhalten kann. Mir ist die Zeit jedenfalls noch nicht lang geworden.«

»Ich finde es ein bisschen belanglos, ohne Ziel durch die Welt zu wandern. Aber können wir uns nicht duzen? Ich heiße Elsa. Wir brauchen wohl nicht so förmlich zu sein, jetzt da wir gar nicht mehr leben.«

Sie erzählte, dass sie vor ihrer Erkrankung als Kindergärtnerin gearbeitet hatte und daran gewöhnt sei, lebhafte kleine Kinder zu hüten. Sie fürchtete nun, dass es ihr langweilig werde, wenn sie nicht mehr die gewohnte kreischende Horde um sich habe. Ich erklärte ihr, dass es hier viele Kinder gab, denn die Kindersterblichkeit auf der Welt war weit größer, als es die Statistik vermuten ließ.

»Man braucht nur mal Afrika oder zum Beispiel Indien zu besuchen, dort sieht man genug verstorbene Kinder. Während der Überschwemmungen oder während anhaltender Dürreperioden sterben in diesen Gegenden angeblich so viele von ihnen, dass über manchen Dörfern oder Städten der Himmel ganz schwarz von ihren umherfliegenden Geistern ist, so wie über Lappland zur heißesten Sommerzeit von Mücken.«

»Aber das ist ja schrecklich«, jammerte Elsa. »Was wird denn hier im Jenseits aus den armen Kleinen? Sie fürchten sich bestimmt schrecklich, wenn sie nicht begreifen, was mit ihnen passiert ist.«

Ich informierte sie, dass für alle, die an Hunger gestorben waren, das jenseitige Leben im Allgemeinen eine große Erleichterung war, denn hier litt niemand unter Hungergefühl oder Schmerzen. Mit der Zeit verflüchtigten sich die kleinen Kinder dann friedlich in der Atmosphäre.

»Und wo ist Gott? Hier hat doch wohl jemand die Leitung?«

Auf diese Frage musste ich ihr sagen, dass niemand die Existenz Gottes garantieren konnte, da er noch nie gesehen worden war. Nicht andeutungsweise hatte ich davon reden gehört.

»Außerdem hat es in der Geschichte der Menschheit Hunderte, wenn nicht sogar Tausende Götter gegeben. Es wäre schwierig, hier gerade den eigenen Gott zu finden, an den man glaubte, selbst wenn er sich irgendwo aufhalten sollte.«

Tröstend fügte ich noch hinzu:

»Aber Jesus ist dem Vernehmen nach durchaus existent. Er führt allerdings ein ziemlich zurückgezogenes Leben. Seine Berühmtheit zwingt ihn dazu.«

»Das kann ich mir vorstellen. Wenn ich Jesus wäre, würde ich mich auch verstecken vor den Millionen Verstorbener, die mich ständig anbeten oder mir danken wollen.«

Während wir uns unterhielten, war Elsas Tod bemerkt worden. Ihr Leichnam wurde mit einem Laken bedeckt und in den Leichenkeller geschafft. Ich fragte sie, ob sie in der Klinik bleiben und auf das Eintreffen ihrer Angehörigen warten wollte. Sie schüttelte den Kopf, noch mochte sie die um sie Trauernden nicht sehen, und auch der Gedanke, zu verfolgen, was mit ihrem Körper geschah, gefiel ihr nicht.

»Ich habe wirklich keine Lust, mit anzusehen, wie ich obduziert werde, so etwas ist einfach schaurig. Ich möchte jetzt sofort weg von diesem schrecklichen Ort. Wärest du so lieb, mich zu begleiten?«

So verließen wir gemeinsam die Klinik. Elsa verstand sich gleich sehr gut aufs Schweben. Sie wollte mich bei der Hand halten, was natürlich nicht klappte:

»Du bist ja nur Luft«, stellte sie fest.

Wir wandelten durch Kaivopuisto. Elsa wollte alles Mögliche wissen:

»Werden wir jemals wieder hungrig?«

»Nie mehr«, erklärte ich.
»Dann brauche ich auch nie zur Toilette zu gehen?«
»Nein, es sei denn, du willst einfach nur so hin, ohne eigentlichen Anlass.«
Elsa dachte kurz nach.
»Und haben wir denn auch keine ... Gelüste mehr?«
Ich betrachtete das hübsche Persönchen und musste mir eingestehen, dass wir durchaus noch Reste von Gelüsten hatten. Laut aber sagte ich:
»Mir scheint, dass man hier keine größeren Gelüste oder Begierden kennt. Ich habe zwar gehört, dass im Leben häufig alkoholisierte Personen zunächst mit trockener Kehle herumlaufen, aber auch die Gier aufs Trinken verebbt bald. Und bei den ärgsten Säufern ist das Gehirn sowieso dermaßen vom Schnaps zerfressen, dass sie nicht lange hier verweilen, sondern sich in alle Winde verflüchtigen. Die Gourmets und Schlemmer haben wahrscheinlich die größten Probleme, wenn sie irgendwelche Leckerbissen sehen, aber nichts essen können.«
An der Spitze von Kaivopuisto blieben wir stehen und betrachteten das Meer, das grau und mächtig im Spätherbst wogte. Wir standen lange schweigend da, Elsa schien über etwas nachzudenken. Dann blickte sie mir in die Augen, und ich sah, dass sie unendlich traurig war. Sie weinte. Mir wurde schwer ums Herz, ich wusste nicht, wie ich sie trösten sollte. Ich bat sie, mir von ihrem Kummer zu erzählen, vielleicht würde das helfen. Mit herzzerreißender Stimme sagte sie, dass sie erst jetzt richtig begriffen habe, was mit

ihr geschehen sei, dass sie wirklich tot sei, endgültig und unwiderruflich.

»Ich beweine nicht so sehr meinen eigenen Tod, ich finde es nur so schrecklich, dass ich all meine Angehörigen und Freunde verlassen musste. Meine Eltern leben noch, für sie ist das bestimmt furchtbar schwer. Wie sollen sie es ertragen, so alt, wie sie sind? Ich bin schrecklich unglücklich, wenn ich mir vorstelle, wie sie mich großgezogen haben und wie sie nun, da ich tot bin, um mich trauern. Das ist alles so ungerecht.«

Sie blickte mit tränennassen Augen aufs dunkle Meer, schluckte und wirkte so verzweifelt, dass ich plötzlich über mich selbst entsetzt war: Ich hatte den ganzen Herbst hindurch gehofft und gebetet, dass sie stirbt, und das nur, damit ich ihr begegnen konnte. Jetzt war sie tot, ich konnte zufrieden sein, aber zugleich war sie ihren Eltern und ihren Freunden entrissen worden, die sich deswegen die Augen aus dem Kopf weinen würden. Ich schämte mich für meinen Egoismus, mir stieg ein Kloß in die Kehle, und es überlief mich heiß. Ich wünschte mir, dass ich irgendwie bestraft würde, aber nichts geschah. Diese Augenblicke am Meer, meine Scham und Reue, würden mir für immer in Erinnerung bleiben, und ich glaube, dass ich durch dieses Erlebnis geistig sehr reifte.

Erschüttert tröstete ich Elsa, die mich anlächelte, ohne zu ahnen, dass ich ihren Tod gewünscht hatte. Ihr Anblick zerriss mir das Herz.

16

Am Abend ließ der Schneefall nach, und ein weißer Vollmond stieg hinter der Festung Suomenlinna aus dem Meer. Sein Licht ließ die verschneiten Wege und bereiften Bäume von Kaivopuisto erstrahlen. Elsa und ich wanderten durch den schimmernden Park und betrachteten das kalte Meer. Die Wellen hatten sich geglättet, und über ihnen zitterte eine silberne Mondbrücke, die mal in tausend Lichtflecke zerfiel, dann wieder für kurze Zeit einen glänzenden Himmelsweg bildete.

Ich starrte gedankenvoll auf den Mond. Es war nicht das erste Mal, dass ich ihn gemeinsam mit einer schönen Frau betrachtete. Ein Verliebter sieht im Mond einen Verbündeten, dessen ferner Glanz verzaubert und empfindsam macht. Im kalten Mondlicht wird dem Menschen warm, und wenn zwei Menschen zusammen sind, teilen sie ihre Wärme miteinander. Der übergroße Teil aller Heiratsversprechen ist wahrscheinlich bei Vollmond zustande gekommen, sagte ich mir.

Derart sensibilisiert, machte ich Elsa den Vorschlag, sie auf den Mond zu führen. Ich erzählte ihr, dass ich noch nie dort gewesen sei, dass ich aber gerade jetzt Lust darauf hätte. Die Reise würde ungefährlich für uns sein, da der Mond weithin sichtbar vom wolkenlosen Nachthimmel schien. Elsa sah mich sanft an, nickte schweigend, und so machten wir uns auf den Weg.

Wenn man sich mit der Geschwindigkeit eines Gedankens

bewegt, nimmt die Reise zum Mond nicht viel Zeit in Anspruch. Wir stiegen im Nu in die äußeren Schichten der Atmosphäre auf und blickten zurück auf die Erde, deren Oberfläche immer gewölbter wirkte, je höher wir hinaufkamen. Nach kurzer Zeit wurde unser Planet zu einem riesigen Ball, den der Mond mit seinem Licht versilberte. Unterwegs sahen wir einige glänzende Satelliten und einmal sogar Sternschnuppen, die entstanden, als kleine Meteoritensplitter auf die Atmosphäre trafen und funkelnd verglühten. Auf der nördlichen Hälfte der Erdkugel entdeckte ich einen durchsichtigen, schimmernden Ring, der das Polargebiet umspannte, es waren Tausende von Polarlichtern, die über der Arktis züngelten – eine Folge der von Sonnenflecken verursachten Strahlung.

Zum Glück hatte ich mich zu Lebzeiten ein wenig mit Astronomie befasst und konnte Elsa die Mondoberfläche erklären, die sich groß und hell unter uns ausbreitete.

»Die weite graue Ebene dort auf der rechten Seite ist das Meer der Stürme, Oceanus procellarum«, erläuterte ich fachmännisch. »Hier direkt unter uns ist das Meer der Ruhe, Mare tranquilitatis, an dieser Stelle landete der erste Mensch, das Raumschiff hieß Apollo 11, glaube ich ... Ich erinnere mich noch gut an diesen Abend, ich war gerade auf Dienstreise in Oulu und saß im Restaurant, wo ich im Fernsehen verfolgen konnte, wie die Amerikaner hier herumsprangen. Ist es nicht ein irres Gefühl, jetzt hier zu sein und den Ort mit eigenen Augen zu sehen?«

»Aus unserer Sicht betrachtet, ist das ganze Weltraumprogramm eigentlich überflüssig. Schließlich kann jeder x-Beliebige mal eben herkommen, wenn er erst tot ist«, sagte Elsa gedankenvoll.

Wir ließen uns hinab. Die Beleuchtung auf dem Mond war grell und scharf, vermutlich, weil es dort keine Atmosphäre gab, sondern sämtliches Licht ungebrochen und somit außerordentlich hell und kalt war. Elsa schwebte über die Gebirge und Krater und stellte ununterbrochen Fragen. Ich erzählte ihr, was ich über die Gegend wusste, und das war nicht gerade viel. Etwas allerdings setzte mich in Erstaunen: Wir konnten uns mühelos unterhalten, hörten uns also gegenseitig, obwohl im luftleeren Raum doch angeblich keine Töne weitergeleitet werden. Daher sagte ich zu Elsa:

»Ich habe irgendwo gelesen, dass man auf dem Mond nicht einmal hören würde, wenn in unmittelbarer Nähe mit einer Kanone geschossen wird, weil es hier keine Atmosphäre gibt, durch die sich die Schallwellen fortbewegen können. Aber wir beide hören uns ebenso deutlich wie auf der Erde. Eigenartig.«

»Du vergisst, dass wir Geister sind. Wahrscheinlich geben wir gar keine richtigen Laute von uns, sondern unterhalten uns über eine Art Strahlung oder so etwas. Auf jeden Fall ist es hier sehr schön, findest du nicht?«

»Das Allerschönste bist du – auf der Erde und auch hier auf dem Mond«, schwärmte ich.

»Red keinen Unsinn! Schau nur, die herrlichen Schatten, die sich in diesen Tälern bilden, und die Sterne im Hintergrund sind viel heller als von der Erde aus gesehen. Es war nett von dir, mit mir herzukommen.«

»Ich liebe dich, Elsa«, brachte ich heraus.

Sie wandte sich ab und starrte auf den Krater Plinius. Schließlich erwiderte sie:

»Ja, ich mag dich auch. Es gibt mir Sicherheit, wenn ich nicht allein, sondern in deiner Gesellschaft bin. Aber sprich nicht gleich von Liebe, wir sind uns ja erst heute in der Klinik begegnet, und außerdem sind wir beide tot.«

Ich beschloss, ihr zu gestehen, dass ich lange Tage an ihrem Sterbebett gewacht hatte und mir daher meiner Gefühle für sie sicher war:

»Woche für Woche habe ich gewartet, dass du stirbst. Ich habe in dem öden Krankenzimmer gesessen und dich ununterbrochen angesehen, habe von ganzem Herzen gehofft, dass du nicht gesund wirst, sondern dahinsiechst und stirbst, möglichst bald! Ach, wie habe ich mich nach der Begegnung mit dir gesehnt!«

Elsa sah mich erschüttert an, ich aber begriff in dem Moment noch nicht, was sie so sehr aus der Fassung brachte. Sie fragte: »Du warst also froh, als ich endlich starb, willst du das sagen? Meinst du das ernst?«

»Ich sage die Wahrheit, liebe Elsa! Als es mit dir zu Ende ging und du ganz schwach warst, da war ich glücklich. Ich habe sogar dem Papst, der extra nach Helsinki gekommen ist, um mich zu treffen, einen Korb gegeben und bin bei dir, an deinem Bett, geblieben. Ach, ich habe tausend Mal deinen Tod gewünscht und dafür gebetet, habe gehofft, dass die Ärzte dich nicht retten können, und wie du ja heute bemerkt hast, habe ich nicht umsonst gebetet. Endlich konnten wir uns treffen!«

Ich begriff nicht, was mit Elsa vor sich ging, als sie meinen Wortschwall anhörte. Sie sah mich eisig, fast wütend an. Dann schrie sie vorwurfsvoll:

»Du bist ein Monster! Wie ist es möglich, dass jemand den Tod eines Menschen herbeisehnen kann, nur um ihm zu begegnen! Kein Wunder, dass ich mich in der Klinik die ganze Zeit so beklommen fühlte, so als bedränge mich jemand ... Du warst also die Ursache! Jetzt begreife ich alles. Du Teufel hast da gesessen und meinen Tod heraufbeschworen. Kann es auf der Welt einen grässlicheren Menschen geben als dich? Hu, wie du mich anwiderst!«

Ich fand ihre Vorwürfe unbegreiflich, schließlich wäre sie auf jeden Fall gestorben, auch ohne mein Dazutun. Also wollte ich ihr sagen, dass ich sie wirklich liebe und dass sie – da sie nun selbst tot war – meine Worte aus dieser Perspektive betrachten sollte, wir könnten doch gute Freunde sein. Aber Elsa fauchte heftig:

»Ist dir kein einziges Mal in den Sinn gekommen, dass ich Angehörige habe, die wegen meines Todes leiden? Ich habe Vater und Mutter, meine lieben Eltern, zurückgelassen! Sie sind am Leben und trauern um mich! Daran hast du keine einzige Sekunde gedacht, du Bestie!«

Ihre Worte empörten mich, sodass ich meinerseits fauchte:

»Du bist undankbar! Ich glaube, ich habe meine Zeit mit

dir vergeudet. Du bist die ganz falsche Tote für mich, wir passen anscheinend nicht zueinander. Mir ist völlig gleichgültig, ob du lebst oder tot bist, mehr kann ich dazu nicht sagen.«

Das war zu viel, denn nun war Elsa endgültig eingeschnappt. Sie warf mir noch einen letzten Blick zu, wobei ihre Augen wütend funkelten, und dann entschwebte sie ohne ein Wort zu sagen wieder zur Erde. Sie war so schnell weg, dass ich erst begriff, was geschehen war, als ich nur noch einen winzigen Punkt im Weltall von ihr sah, und bald war auch der verschwunden. Es war vollkommen zwecklos, ihr zu folgen, wenn sie nämlich allein sein wollte, würde ich sie auf der Erde niemals finden.

Erschüttert und traurig setzte ich mich auf einen zerklüfteten Hügel. Ich sagte mir, dass ich nun meine Liebste für immer verloren hatte. Wie hatte es nur zu diesem Zerwürfnis kommen können? Ich musste mir eingestehen, dass es idiotisch von mir gewesen war, mich damit zu rühmen, an ihrem Bett gewacht zu haben. Und noch idiotischer war es gewesen, zu bekennen, dass ich ihren Tod gewünscht hatte. Wenn man die Sache aus Elsas Sicht und besonders aus der Sicht ihrer trauernden Eltern betrachtete, war das wirklich ungeheuerlich. Ich erkannte, welch egoistischer Geist ich war, und fragte mich, wie lange ich als Toter noch leben musste, ehe ich lernen würde, menschliches Leben zu achten.

17

Traurig und verlassen wanderte ich über den Mond. Der kahle, verkrustete Boden dieses Himmelskörpers trug auch nicht gerade zu meiner Erheiterung bei. Wäre ich am Leben gewesen, hätte ich jetzt vermutlich erwogen, mich aufzuhängen. In düstere Gedanken versunken, durchquerte ich eine trostlose Ebene. Wahrscheinlich hätte ich meine verzweifelte und ziellose Wanderung endlos fortgesetzt, wäre ich nicht plötzlich auf sonderbare Spuren gestoßen: Es waren Abdrücke von Wagenrädern, die in dem ascheähnlichen Kosmosstaub deutlich zu erkennen waren. Wer mochte wohl hier auf dem Mond mit einem Wagen umherfahren? Ich folgte den Spuren.

Offensichtlich stammten sie nicht von den Rädern eines Autos; das Oberflächenprofil fehlte, und auch die Spurbreite stimmte nicht. Ein Mondauto gab es also nicht, wohl aber ein kleineres Gefährt; am ehesten mochte es sich um einen Pferdewagen handeln, allerdings waren zwischen den Radspuren keine Hufabdrücke zu sehen. Wie sollte auch ein Pferd hier auf dem kargen Mond überleben, wo am Tag mehr als hundert Grad Hitze und nachts wiederum fast zweihundert Grad Frost herrschten? Außerdem schien es mir ziemlich unsinnig, ein Pferd extra auf den Mond zu schicken, nur damit es dort einen Wagen zog. In der Raumkapsel würde das Tier enorm viel Platz und die Nahrung von mindestens zehn Astronauten beanspruchen. Allerdings hatte die Sowjetunion in den Anfangszeiten der Raumflüge mal einen Hund in den Kosmos gesandt, Laika hieß er, soweit ich mich erinnerte, aber das war schon lange her.

Bei diesen Gedanken erreichte ich eine flache Senke, auf deren Grund ich einen silberig glänzenden, vierräderigen Wagen entdeckte. Auf dem Gefährt saß ein Mensch, der gelangweilt die Arme aufgestützt hatte. Ich schlich näher, um mir den Wagen und den Kutscher genauer anzusehen und herauszufinden, ob das Ding kaputt war, da es stillstand.

Der Wagen war allem Anschein nach aus Aluminium. Er hatte vier Metallräder und eine runde Haube von etwa einem Meter Durchmesser, die mit einer ganzen Reihe verschiedener Ausbauten, Antennen und Sensoren versehen war. Der Wagen stand ein wenig schief, denn er war durch einen Stein gebremst worden. Die Hinterräder hatten Mondstaub aufgewühlt, offensichtlich bei dem Versuch, das Gefährt wieder in Gang zu bringen, doch das Hindernis hatte die Weiterfahrt unmöglich gemacht.

Auf dem Wagen saß ein betagtes, etwa siebzigjähriges rundliches Mütterchen, gekleidet wie eine einfache Bauersfrau. Ihre Füße steckten in Filzstiefeln, der Rock reichte bis über die Knie, außerdem trug sie einen Wollpullover und ein Schultertuch in fröhlich bunten Farben. Die Haare hatte sie mit einem hübschen Kopftuch zurückgebunden. Als sie mich herankommen sah, zog über ihr rundes Gesicht ein erfreutes Lächeln, und sie plapperte sofort los:

»Guck an, wer bist du denn? Sprichst du meine Sprache?« Sie war eine Karelierin, die Sprache konnte ich gut verstehen. Auf meine Frage, was sie hier mit diesem seltsamen Gefährt tat, schlug sie sich mit beiden Händen auf die Knie und seufzte:
»Ach herrje, hätte ich bloß nicht diese Reise gemacht. Und der Wagen gehört mir nicht einmal. Vorige Woche bin ich mit einem Schweden hergekommen, er hat gesagt, er zeigt mir den Weg, und dann hat er mich armes Weib hier sitzen lassen. Er ist einfach verschwunden, hat bloß noch gesagt, wenn ich mich bei Tag auf den Weg mache, finde ich auch allein wieder nach Russland.«
Aber die Alte hatte sich nicht allein durchs Weltall getraut, und deshalb saß sie immer noch auf dem Mond.
»Wie soll ich wissen, ob ich mich nicht doch im Äther verirre, und dann sause ich da hilflos rum. Nee, ich hab's lieber gelassen.«
Das Mütterchen erzählte, dass sie bereits kurz nach dem Zweiten Weltkrieg gestorben war, aber erst jetzt den Mond besucht habe. Zu Lebzeiten sei sie eine stramme Kommunistin gewesen und habe nun die Geräte sehen wollen, die die Sowjetunion einst auf den Mond geschickt hatte, also auch dieses Gefährt, auf dem sie gerade saß.
»Lunachod haben die Jungs in Baikonur das Ding getauft. Ein prima Wägelchen, wie du siehst. Es bewegt sich bloß nicht mehr, steht schon seit zehn Jahren auf diesem Platz, ganz unbenutzt. All das viele Geld haben sie umsonst rausgeschmissen.«

Das redselige Mütterchen erkundigte sich, wer ich sei, aus welchem Land ich stamme, wann ich gestorben war und was ich vor meinem Tod gemacht hatte. Ich erzählte ihr, was sie wissen wollte und noch ein bisschen mehr, und fragte meinerseits nach ihrem Leben. Hier im Jenseits unterhält man sich mit seinen Gesprächspartnern nicht über das Wetter, so wie es die Lebenden tun, sondern man erkundigt sich üblicherweise nach der Begrüßung, wann der andere gestorben ist und anschließend natürlich nach dessen Lebenszeit.

Die alte Frau erzählte, dass sie den größten Teil ihres Lebens in Weißmeerkarelien verbracht habe, im späteren Alter, nach der Revolution, jedoch nach Petrosawodsk gezogen war. Von dort habe man sie, des Landesverrats verdächtigt, ins Arbeitslager von Workuta deportiert. Über die Zeit dort beklagte sie sich heftig.

»Hab ich eine Wut auf Stalin gekriegt! Ich konnte mich nicht mal richtig darüber freuen, als er im Krieg den Deutschen den Marsch geblasen hat.«

Nach dem Krieg, und nachdem sich die Bedingungen ein wenig gelockert hatten, war die Alte aus Workuta entlassen und rehabilitiert worden. Sie war nach Leningrad gezogen und hatte dort mit ihrem erwachsenen Sohn bis 1953 gelebt, also bis zu dem Jahr, in dem Stalin starb. Sie erzählte, dass die Leute anfangs gar nicht glauben mochten, dass Stalin wirklich tot war. Allerlei Gerüchte machten die Runde, aber man war sich nicht sicher, ob man lachen oder weinen sollte. Erst als die endgültige Bestätigung gekommen war, hatte die Alte vor Freude geweint. Sie war in die Kaufhalle gerannt und hatte ein ganzes Huhn erstanden. Das hatte sie im Ofen gebrutzelt, hatte eine gute Soße gemacht, einen großen Topf Kartoffeln gekocht und Piroggen gebacken, ja, sie hatte sogar Kerzen, ein neues Tischtuch und eine Flasche Wodka gekauft. Dann hatten sie und ihr Sohn sich das prachtvolle Abendessen schmecken lassen.

»Wir haben den ganzen Abend gefeiert! Mein Sohn hat getanzt, und ich habe gesungen, zwischendurch haben wir gegessen und getrunken. Immer wieder habe ich gesagt, ätsch, Stalin, du Halunke, du bist doch eher gestorben als ich! Aijaij, war das ein Fest!«

Bald hatte die Alte wieder nach Petrosawodsk ziehen können, wo sie ein, zwei Jahre zufrieden gelebt hatte. Und als sie schließlich gestorben war, war sie auch damit zufrieden gewesen:

»Wenigstens musste ich nicht in Workuta ins Gras beißen. Ich war richtig froh, dass ich meinen letzten Seufzer im Krankenhaus von Petrosawodsk tun durfte. Ich hab fast vor Freude geweint beim Sterben!«

Als das fröhliche Mütterchen merkte, dass ich trotz ihrer munteren Worte finster und traurig war, fragte sie, was mir denn auf der Seele liege. Ich erzählte ihr, dass ich mit einem reizenden Mädchen den Mond besucht und dass sie mich soeben verlassen habe. Darüber sei ich sehr traurig, denn ich liebe das Mädchen sehr. Die alte Frau sah mich mitleidig an und tröstete mich dann:

»Oh, mein Jungchen, trauere nur, so viel du kannst, aber nicht zu viel. Du wirst das Mädelchen bestimmt noch finden. Sieh mal, sie hat doch noch gar keine Zeit gehabt, sich an dich und an den Tod zu gewöhnen, sie ist ja gerade erst gestorben. Wenn du erst wieder auf der Erde bist, siehst du sie bald wieder, und sie verzeiht dir und mag dich, und alles ist wieder gut.«

Die Alte sah mich aufmerksam an, ehe sie fortfuhr:

»Du bist ein anständiger Junge, du bringst mich zur Erde zurück, ja? Ich fühle mich so einsam hier, wenn ich bloß immer auf dem Wagen sitze, ich möchte mich lieber mit den Leuten unterhalten. Sei so gut und hilf mir von diesem verfluchten Mond runter.«

Wir machten uns auf den Weg. Das Mütterchen war aufgeregt und flüsterte:

»Huch, ich mache die Augen zu. So einem alten Menschen wie mir wird ganz schwindelig vom Herumsausen. Lass mich bloß nicht allein zwischen all den Sternen.«

Ich beruhigte sie, und bald drangen wir in die Erdatmosphäre ein. Weil in Europa schon Nacht war, beschloss ich, das Mütterchen auf die Sonnenseite der Erde, nach Südamerika, zu bringen. Sie fand den Gedanken gut:

»Was ihr mit uns Alten macht! Erst zum Mond, dann nach Amerika! Aber so spielt nun mal das Leben.«

18

Die Erde drehte uns in der Morgensonne ihre glühende südamerikanische Flanke zu. Wir sahen die dunkelgrünen Regenwälder, die kahlen Berge, die sich darüber erhoben, und in einer weiten Hochebene blinkte ein großer See, der nichts anderes als der berühmte Titicacasee sein konnte. Wir landeten also in Bolivien. Als wir unten waren, seufzte das Mütterchen:

»So viel Wasser, fast wie der Ladoga bei uns zu Hause! Aber das Ufer ist ganz voll Schilf. Ach, war das schön, wenn ich in jungen Jahren an den Ladoga kam! Es war wie am Meer. Boote mit Segeln konnten auf den weißen Schaumwellen fahren, wurden einfach so vom Wind angetrieben! Sag mir doch, in welcher Gegend wir jetzt sind.«

Ich erzählte ihr, dass wir offenbar an den Titicacasee gekommen waren und uns demzufolge in Bolivien, dem Gebiet der Indianer, befanden.

Das Mütterchen meinte darauf:

»Ich denke mir, dass diese Indianer ursprünglich aus Sibirien stammen und dass alle alten Amerikaner eigentlich Sibirier sind. Von Sibirien nach Alaska ist es nicht weit, sie sind einfach rübergerudert, und in den Tausenden von Jahren haben sie dann vergessen, woher sie gekommen sind, haben sich einfach eingebildet, dass sie immer hier in Amerika gelebt haben. Also kann man die Sibirier im Grunde auch Indianer nennen, und sie sehen ja auch so aus, findest du nicht? Es würde mich nicht wundern, wenn sie dann von Amerika aus vielleicht auch noch nach Polynesien weitergezogen sind. Die Sibirier kriegen das fertig. So habe ich mir das alles erklärt, und du brauchst gar nicht zu lachen, Söhnchen, ich habe zu Hause eine Landkarte, auf der kann man alles sehen, man muss sich bloß den richtigen Reim drauf machen.«

Ich konnte mir die Bemerkung nicht verkneifen:

»Wenn es nun aber umgekehrt gewesen ist und die Indianer von diesem Kontinent aus über die Beringstraße nach Sibirien gerudert sind, sodass die Sibirier von den Indianern abstammen?«

»Red kein Blech, Söhnchen. Wie hätten die Indianer denn in Sibirien überleben sollen? In Badehosen? Du hast ja keine Ahnung, wie da manchmal der Frost kneift. Ich habe das viele Winter lang erlebt.«

Durch das Uferschilf ruderte ein gegerbter Indianer in einem kleinen Boot, er sah nach seinen Netzen und fand darin tatsächlich ein paar Fische. Das Wetter war schön, ein sanfter Wind bewegte das Schilf, die Arbeit des Fischers wirkte beneidenswert idyllisch. Aber sie brachte einen kargen Lohn: Als der Mann seine Netze geleert hatte, schaffte er den Fang ans Ufer, ging zu Fuß mehrere Kilometer zu einem Händler und tauschte seine Fische gegen zwei Schachteln Zigaretten und eine kleine Flasche Lampenöl. Diese Einkäufe trug er in seine Hütte und fuhr dann wieder hinaus, um Fische zu fangen. Es war ein stolzer Preis, der beinahe an Diebstahl grenzte, und das fiel auch dem Mütterchen auf:

»Es ist unanständig, dem anderen den Fang eines ganzen Tages für ein paar Zigaretten und einen Tropfen Öl abzunehmen. Der Kerl selber fährt im Jeep und raucht Zigarren. Das mag ich gar nicht mit ansehen, komm, wir gehen.«
Dabei war das längst nicht das Schlimmste, was die Menschen in Bolivien erdulden mussten. Als wir ein Bergwerk besuchten, in dem Zinn abgebaut wurde, zerriss es uns schier das Herz, als wir Zeuge wurden, wie halbwüchsige Burschen mit gebeugtem Rücken das Erz aus den Schluchten hinaufschleppten, wo es in der Hitze von Hand geschürft wurde. Die Menschen dort unten waren schwarz, mager und schweißüberströmt.
»Die armen Bürschchen schuften wie die Pferde … Ach, wie traurig, was Menschen manchmal durchmachen müssen!«
An den Hängen der Berge weideten Lamas, eigensinnige Tiere, bei deren Anblick das Mütterchen staunte:
»Hier sind die Schafe aber groß. Was es auf der Welt alles gibt!«
Unten im Dorf sahen wir, wie ein kleines, etwa zehnjähriges Mädchen die jüngeren Geschwister und die kranke Mutter versorgte und den Haushalt führte: Sie kochte Essen, fegte den Erdboden der Hütte, fütterte die Hühner auf dem Hof, flickte die zerrissene Kleidung, buk dünnes Brot aus dunklem, schmutzigem Mehl. Beim Backen verbrannte sie sich die kleinen Hände an den heißen Ofensteinen, weinte ein wenig, arbeitete aber weiter, weil sie dazu geboren war. Das alte Mütterchen sagte nichts, son-

dern verließ das Dorf. Sie wollte in die Stadt, da es hier im Gebirge offenbar nur Elend gab.

Als wir die quirligen Vorstädte von La Paz erreichten, empfing uns eine völlig andere Stimmung. Auf den kleinen Märkten herrschte fröhliches Treiben; die Leute vom Lande hatten auf bunten Indianerdecken allerlei Waren zum Verkauf ausgebreitet, Früchte der Regenwälder, Handarbeiten und Schmuck. Irgendjemand spielte Flöte, fröhliches Lachen ertönte. Es wurde gerufen, gefeilscht, gesungen. Kinder und Hunde liefen zwischen den Menschen umher, die Füße beziehungsweise die Pfoten lehmbeschmiert. Das Mütterchen sah sich das fröhliche Treiben mit schräg geneigtem Kopf an und konstatierte:

»Genau wie früher in Karelien.«

Doch fand die Heiterkeit bald ein Ende und schlug unvermittelt in einen blutigen Rausch um, als ein paar Männer auf dem Markt einen Hahnenkampf veranstalteten. Wetten wurden abgeschlossen, die Veranstalter sammelten die Münzen ein, und dann scharte sich das Publikum um die beiden unglücklichen Hähne, die sich gegenseitig mit den Messern zerfleischten, die an ihren Sporen befestigt waren. Das Mütterchen ertrug dieses rohe Volksvergnügen nicht. Angewidert sagte sie:

»Pfui, ist der Mensch grausam! Was haben die Hähne getan, dass so mit ihnen umgegangen wird?«

Wir besuchten ein Freudenhaus, in dem schüchterne junge Mädchen betrunkenen Männern, hauptsächlich Soldaten, zu Diensten waren. Dann wurden wir zufällig Zeuge, wie eine Gruppe bettelarmer Landarbeiter aus einer Bank gejagt wurde, wo sie vergeblich um einen Kredit gebeten hatten; die Angestellten schleuderten einem Schwall wütender Beschimpfungen hinter ihnen her. Wir sahen auch, wie in einem kleinen, von Fliegen wimmelnden Krankenhaus ein träger Pförtner einer dicken Frau, die an einem Abszess litt, das letzte Geld stahl. Als die Ärmste auf den Dieb aufmerksam machen wollte, bekam sie einen deftigen Tritt in den Oberschenkel, woraufhin ihre Klagen verstummten. In der Innenstadt schleppten Polizisten einen Jüngling mit einem roten Halstuch ab; er war offenbar verhaftet worden, weil er als Linker galt. Er wurde gestoßen, getreten und bekam immer wieder kräftige Faustschläge ins Gesicht, es war ein Wunder, dass er nicht zusammenbrach. Vor der Tür einer kleinen Kirche beschimpfte ein Polizeioffizier lautstark einen nervösen jungen Priester, er zeigte auf ihn und auf den Himmel, schrie mit rotem Gesicht, packte den Geistlichen sogar am Ärmel und hörte nicht zu, als dieser etwas erklärte. In einem engen Slum hinter der Kirche prügelten sich kleine Jungen um einen Eimer braunen Wassers; das Plastikgefäß kippte um, und grässliches Heulen klang durch die schmutzigen Straßen. Hinter einem Haus röchelte ein mageres Schwein in den letzten Zügen, denn ein schwarzbärtiger Dieb hielt es an den Ohren hoch und schlitzte ihm die Kehle auf, dann schleuderte er die Eingeweide in die Ecke, wickelte die Beute in eine Decke und flüchtete gebückt durch das Labyrinth der Gassen. Hungrige Hunde leckten sofort die we-

nigen Blutstropfen auf, die aus der Kehle des Schweins auf den Boden getropft waren.
Nach all diesen Beobachtungen sagte das Mütterchen mit gebrochener Stimme:
»Ich will mir das nicht länger mit ansehen, es zerreißt mir das Herz. Selbst auf dem Mond ist es besser bestellt als hier auf der Erde. Wie sollen diese armen Leute nur zurechtkommen? Wäre ich noch am Leben, würde ich ein kleines Nahrungsmittelpaket oder vielleicht ein paar Rubel herschicken. Aber ich bin tot, und du auch, mein armes Jungchen. Such du mal nach deinem Mädchen, und dann seht ihr zu, dass ihr euch wieder vertragt. Klein ist der Kummer der Toten im Vergleich zu den Nöten der Lebenden.«

19

»Aijaij, welche Pracht«, rief das Mütterchen, als wir am Nachmittag das Regierungsviertel von La Paz betraten.
Ein paar Panzer fuhren an uns vorbei und bogen in einen Park ein, der einen großen, prächtigen Palast umgab. Aus dem Park drang leises Dröhnen herüber, als Panzermotoren aufgewärmt wurden. Blaue Auspuffgase schwebten über den Edelhölzern; in der heißen Sonnenglut blitzten die blanken Helme der Soldaten. Die alte Karelierin bewunderte das schöne Gebäude, es erinnerte sie an das Winterpalais von Leningrad, wenn es auch kleiner war.
»Welcher Kaiser mag dort wohnen? In jedem Fall hat er

viele Leibwächter, schau mal ... Hier hat es wohl noch keine Revolution gegeben so wie bei uns in Russland. Aber nach dem, was wir von diesem Land gesehen haben, dauert es nicht mehr lange, und der hiesige Kaiser wird ebenfalls gestürzt. Grund genug gibt es dafür, oder was meinst du, Söhnchen?«

Ich dachte an die Situation in Lateinamerika, dann plötzlich an Elsa und an Finnland ... und wieder an dieses Amerika, und ich gab zu, dass das Mütterchen Recht hatte. Hier war in der Tat eine Revolution nötig, und das dringend und sofort. Aber wie sollte das Volk an die Macht gelangen, wenn es mit Panzern unterdrückt wurde?

Neben diesen Sorgen der lebenden Menschen kam mir mein eigener Kummer mit Elsa beschämend nichtig vor. Hielt ich, ein gesunder – wenn auch toter – finnischer Mann, es wirklich für angemessen, meinen Liebeskummer zu pflegen, während sich die Menschheit in Qualen wand und Millionen weltweit im Elend dahinsiechten? Auf Erden gab es wirklich einiges, was in Ordnung gebracht werden musste.

Auf dem Balkon des Palastes stand ein bebrillter, kleiner und stämmiger Oberst; sein Haar klebte glatt am Scheitel, sodass es eine Art schwarz glänzender Mütze bildete. Um ihn herum wuselten Militärs und Zivilisten. Die Männer sprachen schnell und erregt miteinander. Im Park trafen weitere Panzer ein, Soldaten sprangen von Lastwagen, Befehle ertönten. All das kam mir ziemlich ungewöhnlich vor, sogar für bolivianische Verhältnisse.

Das Mütterchen und ich begaben uns auf den Balkon, um die Situation zu studieren. Wir stellten fest, dass der Platz dort oben eine Art Kommandozentrale war, wo der Oberst seine Anweisungen gab. Drinnen im Palast wurden Listen geprüft, auf denen die Namen Hunderter Personen verzeichnet waren. Die Listen wurden fotokopiert und dann dem Oberst vorgelegt, der sie unterschrieb und den Offizieren übergab, die mit blitzenden Tressen davoneilten, hinaus in den Park, zu ihren ungeduldig wartenden Truppen. In kurzen Abständen fuhren aus dem Park Panzer in Richtung Stadt, ihnen folgten Jeeps und Lastwagen, alle voll besetzt mit Soldaten.

Es schien, als sei in La Paz gerade ein Umsturz oder irgendeine innere Disziplinierung im Gange. Es wurde Jagd auf Menschen gemacht. Das Mütterchen und ich setzten uns in der oberen Etage des Palastes auf ein leeres Sofa. Um uns herum herrschte hektische Betriebsamkeit, ein halbes Dutzend Büroangestellter saß an Schreibtischen, auf denen sich Aktenberge türmten, die vielen Telefone klingelten pausenlos. War dieses Gebäude vielleicht das Innenministerium? Oder das Hauptquartier der Polizei? Vor den Türen des Palastes tauchten tatsächlich kurz einige Polizisten auf, hauptsächlich liefen jedoch Militärs und Zivilisten in dem Gebäude herum. Der ganze Trubel wirkte auf uns Tote und Ortsfremde völlig unbegreiflich. Ich sagte zu dem Mütterchen, dass sich, aus alldem zu schließen, in der Tat gerade eine Revolution vor unseren Augen abspielte.

»Nee, das ist keine richtige Revolution. Ich sehe keinen Sozialisten, wirklich keinen einzigen. Hier läuft bestimmt bloß ein Militärputsch, glaub mir altem Revolutionsweib, Söhnchen.«

Der schwarzhaarige Oberst sah auf seine Armbanduhr, die mit dem dicken Gehäuse, dem komplizierten Zifferblatt und der Digitalanzeige wie eine Taucheruhr wirkte. Das Khakihemd des Obersts war auf dem Rücken und unter den Achseln schweißnass, er bemerkte es und zog die Uniformjacke an. Dadurch wurde ihm noch heißer, aber er ertrug es. Er hatte jetzt eine schwierige Mission zu erfüllen und war äußerst beschäftigt, wirkte aber weder nervös noch ängstlich. Immer neue Namenlisten wurden bei ihm abgeholt und die ersten mit Anmerkungen versehen bereits wieder zurückgebracht. Viele Namen waren durchgestrichen, hinter einigen stand ein Fragezeichen, die meisten waren einfach abgehakt. Die Jagd war in vollem Gange.

In der Stadt läuteten die Kirchenglocken. Menschen rannten durch die Straßen, auf der Flucht vor den Soldaten, die in die Luft schossen. Panzer dröhnten, aus den Außenbezirken waren vereinzelt Granatwerfer zu hören. Das Knattern der Maschinengewehre drang durch die Fenster bis ins Innere des Palastes. Dort trank der Oberst ein wenig kalten Kaffee und ging dann auf die Toilette, wo er sich am Kinn einen Pickel ausdrückte, der offenbar in der Hitze juckte. Anschließend pinkelte er rasch ins Waschbecken. Die Hände wusch er sich nicht; wahrscheinlich fand er

es unhygienisch, sich die Hände in einem Becken zu waschen, in das er gerade uriniert hatte.
Bald war die Stadt völlig menschenleer, nur streunende Hunde und Soldaten wagten sich noch auf die Straßen. Die Hunde begriffen nichts von den Vorgängen, sie begannen nervös zu heulen, rannten ziellos durch die Gegend und wussten nicht, wohin. Einer der Köter geriet unter einen Panzer, er jaulte auf, und damit waren seine Probleme gelöst: Einen kurzen Moment noch winselte die rennende Hundeseele auf der Straße und löste sich dann in Luft auf.
Abends, nach Eintritt der Dunkelheit, ertönten auf dem Hof des Palastes Schüsse. Anscheinend wurden dort verhaftete Bürger hingerichtet. Wenn man das Ohr an die Klimaanlage legte, konnte man aus dem Keller des Palastes Schreie hören: In den Tiefen des Gebäudes wurden Menschen gefoltert; auf die Opfer wurde unbekümmert eingeschlagen, dass die Räume nur so dröhnten.
Der Oberst begab sich auf seinen erleuchteten Balkon, um Eistee zu trinken, und das Mütterchen und ich folgten ihm. Wir hatten vorher noch im Park beobachten können, wie im Licht von Scheinwerfern drei Männer erschossen wurden. Das Mütterchen sagte mit müder Stimme:
»Hast du gesehen, Söhnchen, wie traurig die Seelen zum Himmel schwebten, nachdem die armen Männer wie Vieh abgeknallt wurden? Sie werden nach dem Tod noch lange klagen, werden gar nicht begreifen, was passiert ist. Es tut so weh anzusehen, wie all die Menschen abgeschlachtet werden.«

Als der Oberst seinen Tee getrunken hatte, kehrte er in den Saal zurück, und wir beiden Geister ließen ihn nicht aus den Augen. Das Mütterchen zeigte auf den Oberst:
»Ich werde den Kerl noch lehren. Wirst sehen, was ich alles fertig kriege.«
Der grausame Mann war müde. Er seufzte schwer und legte sich dann auf das goldverzierte Sofa, das im iberischen Stil des ausgehenden neunzehnten Jahrhunderts gehalten, jedoch ziemlich neu war. Der Oberst streifte seine Stiefel ab und schloss die Augen, die Brille behielt er auf der Nase. Das karelische Mütterchen geriet vollends in Zorn, als sie sah, dass der Oberst mitten im blutigsten Putsch ein Nickerchen machen wollte. Sie sprang mit beiden Füßen vor dem Sofa herum und schrie den schlafenden Mann an:
»Hoch mit dir, Kriegsherr! Wie kannst du es wagen zu schlafen, wenn deine schrecklichen Soldaten überall in der Stadt Menschen erschießen! Sofort hoch!«
Sie malträtierte ihn mit Fußtritten, was ihn natürlich nicht störte. Schließlich ließ sie sich neben dem Sofa auf alle viere nieder und zischte ihm ins Ohr, so vorwurfsvoll sie irgend konnte:
»Du elender Schurke, beschäftigt dich gar nicht, was du angerichtet hast? Hör schon auf zu schlafen, du Blutgeneral! Ich werde dir zeigen, wo dein Gewissen ist, kapier das, du Mastschwein!«
Der schlafende Oberst wurde unruhig. Er atmete stockend und verzog das Gesicht; sein Körper zuckte so heftig, dass

seine Brille zu Boden fiel. Das Mütterchen steigerte sich noch:

»Du Satansbraten, du Halunke! Winde dich nur auf dem Sofa in deinen Qualen!«

Der Oberst knirschte mit den Zähnen, und Schweiß trat auf seine leidende Stirn. Heftig zitternd erwachte er schließlich, er stand auf, und jemand reichte ihm seine Brille. Er hielt sich den Bauch und rannte ins Bad, wo er sich übergab, lange und bitter. Von der Tür rief ihm das Mütterchen zu:

»Du Elender, hast du's endlich kapiert?«

Bald darauf verließen meine Reisegefährtin und ich die brodelnde Stadt. Das grausame Schauspiel hatte uns sprachlos gemacht, schweigend schwebten wir über die dunkle und leidende Erde, bis wir das morgendliche Europa erreichten. Ich brachte die alte Karelierin nach Petrosawodsk.

20

Nach der schlimmen Amerikareise war es mir eine Erleichterung, wieder nach Helsinki zu kommen. Ich suchte nun in allen Ecken der Stadt nach Elsa, machte sogar einen Abstecher ins Krankenhaus von Jorvi, fand sie aber nicht. Ich fragte jeden Toten, dem ich begegnete, nach ihr, doch alle schüttelten den Kopf: Eine schöne und wütende rothaarige Frau in einem Krankenhauspyjama hatte niemand getroffen.

Bei dieser Suchaktion geriet ich zufällig ins Nationalmuseum, und zwar in die Steinzeitabteilung. Dort hielten sich nur wenige Tote und kein einziger Lebender auf. Ein seltsames Paar erregte meine Aufmerksamkeit: Es waren ein glatzköpfiger, bebrillter älterer Herr vom Typ eines Beamten, gestorben vor vielleicht zehn, zwanzig Jahren – wie ich aus dem Schnitt seines Anzugs schloss – und ein kleiner Kerl in Lederkleidung, die man keiner Zeit zuordnen konnte, da sie nur aus schmutzigen Fetzen bestand. Das Männchen trug einen abgewetzten Gürtel, an dem verfilzte Felle hingen, und seine Füße steckten in mokassinähnlichen Gebilden, aus denen Heu herausschaute. Auf dem Kopf trug er eine Kappe aus Birkenrinde, ebenfalls ein betagtes Kleidungsstück. Die Rinde war vom Regen geschrumpft und mehrfach eingerissen, weil der Kerl das Ding wahrscheinlich grob zurechtgestutzt hatte, um es wieder auf den Kopf zu stülpen und seine dicke, unglaublich verfilzte Wolle zu bedecken, die man durch die Risse sehen konnte. Gleich auf den ersten Blick war zu erkennen, dass dieser Mann nicht aus dem zweiten Jahrtausend stammte. Also musste er verdammt vernunftbegabt sein, wenn er schon so lange im Jenseits lebte. Ein unwiderlegbarer Beweis dafür, dass Bildung kein Gradmesser für Verstand ist.

Die beiden Männer unterhielten sich eifrig miteinander, zeigten immer wieder auf die steinzeitlichen Gegenstände und nickten. Man sah, dass der alte, prähistorische Krempel beide gleichermaßen interessierte. Ich bekam Lust auf

ein Gespräch mit ihnen, und als Vorwand benutzte ich die Suche nach Elsa. Ich erkundigte mich bei dem Bebrillten:
»Verzeihung ... ich suche eine rothaarige Frau, sie ist – oder war – jung und schön, das heißt, sie ist eine von uns, hat langes Haar, das sie offen trägt« (ich schüttelte denKopf und breitete die Hände aus), »ist möglicherweise ein wenig wütend, und sie ist frisch verstorben, trägt einen Krankenhauspyjama und keine weiteren Kleidungsstücke, soweit ich weiß.«
Der Tote neueren Datums überlegte kurz und sagte dann: »Von den frisch Verstorbenen kenne ich so gut wie keinen, ich selbst bin bereits seit den Sechzigerjahren tot, ich bin nämlich der Schriftsteller Sakari Pälsi. Mich interessieren mehr die alten Toten, solche wie dieser namens Huretta. Sie müssen wissen, junger Mann, dass er möglicherweise der älteste Tote Finnlands ist! Ich vermute, dass er bereits vor neuntausend Jahren starb!«
Huretta nickte ruhig. Er sah mich mit seinen klugen Augen an, deren scharfer Blick mich irritierte. Huretta, ein ziemlich seltsamer Name übrigens, musterte mich nicht etwa, nein, es schien vielmehr, als sei ihm alles, was ihm begegnete, bereits bekannt. Er wirkte freundlich und flößte dem Gesprächspartner gleich Respekt ein. Pälsi fuhr fort.
»Wie Sie vielleicht wissen, war ich seinerzeit Forscher für Steinzeitgeschichte, arbeitete hier im Museum. Nun, bereits vor dem Ersten Weltkrieg hatte ich die ausgezeichnete Gelegenheit, in Antrea auf der karelischen Landenge Ausgrabungen durchzuführen. Dort fand ich die vielleicht

wichtigsten Beweise für unsere steinzeitliche Kultur, Beweise dafür nämlich, dass schon zu jener Zeit nördlich des Finnischen Meerbusens Menschen lebten.«

»Zu jener Zeit waren der Ladoga und der Finnische Meerbusen ein und dasselbe Meer«, ergänzte Huretta. »Die Newa gab es noch gar nicht.«

»Ganz recht, Huretta stammt nämlich genau von dort. Sie glauben gar nicht, wie glücklich ich war, als ich ihn voriges Jahr zufällig in Antrea traf. Dort saß er einfach am Fuße eines Baums, Finnlands ältester Toter! Solch märchenhaftes Glück hat ein Archäologe nur einmal im Leben«, erzählte Pälsi begeistert.

»Einmal im Tod«, stellte Huretta richtig.

»Ja, natürlich, mein lieber Freund. Aber vielleicht beanspruchen wir ganz unnötig Ihre Zeit, vielleicht interessiert Sie die finnische Frühgeschichte längst nicht so wie mich«, meinte Pälsi dann.

Aber ich war grenzenlos begeistert. Ich sagte, wenn sie nichts dagegen hätten, würde ich mich gern mit ihnen über die alten Zeiten unterhalten. Vielleicht könnte mir Huretta erzählen, wie die Leute damals gelebt hatten.

Pälsi war das sehr recht, er sagte, dass sich die Toten von heute kaum für die ganz alten Zeiten interessierten, und der gleichen Meinung war auch Huretta. Wir zogen uns in einen der Büroräume des Museums zurück, um weder von Lebenden noch von Toten gestört zu werden, und dann begann Huretta in seiner langsamen und ruhigen Art zu sprechen:

»Es waren schon besondere Zeiten«, sagte er. »Zunächst einmal: Brot gab es damals nicht.«

»Was habt ihr denn gegessen, wenn es doch kein Brot gab?«, fragte ich in meiner Naivität.

Huretta streifte mich mit einem Seitenblick, ehe er erklärte, dass die Nahrung hauptsächlich aus Robbenfleisch, Talg und größeren Wildtieren bestand, auch Aas habe man oft mit den Geiern um die Wette reißen müssen.

»Fleisch boten uns auch Mäuse und Maulwürfe, die bereits damals sehr zahlreich vorkamen und eine regelrechte Landplage waren. Ferner rissen wir an den Rändern der Sümpfe Drachenwurz aus, den wir mit der Steinaxt in Stücke hackten, trockneten und zu Mehl zerrieben. Die Frauen rührten daraus, zusammen mit Robbenblut, einen recht schmackhaften Teig, der auf heißen Steinen gebacken wurde. Beeren gab es kaum in den Wäldern, die wenigen, die da waren, wurden natürlich gegessen. Übrigens, die Wälder bestanden hauptsächlich aus Erlen und Birken. Es dauerte lange, ehe in dieser Gegend Kiefern und Fichten heimisch wurden.«

Fisch gab es umso mehr. Huretta berichtete, dass die Netze, die Pälsi in Antrea gefunden hatte, möglicherweise von seinem Schwiegersohn stammten. Dieser Schwiegersohn hatte übrigens auf einen Schlag alle sechs Töchter Hurettas geheiratet und sie sogar recht gut ernährt, bis zu dem Tag, da er beim Fischfang ertrank.

»Dabei gingen gute Fanggeräte verloren: ein dreißig Meter langes Netz aus Weidenbast, ein verdammt wertvolles Ding, dazu gute Borkenschwimmer, ferner eine Axt aus Elchgeweih, mehrere aus Knochen gefertigte Meißel und eine vortreffliche Ahle. Das alles war futsch, auch ein gutes Lederboot, und anschließend ertrank der Schwiegersohn selbst. Ursache für das Unglück war, dass er im Boot aufstand, wer weiß, warum, dabei kippte das Ding um, und weil er nicht schwimmen konnte, war es aus mit ihm. Ich, damals selbst bereits tot, sah alles mit an. Der Schwiegersohn muss ziemlich dumm gewesen sein, denn er lebte hier im Jenseits nur ein paar Jahre. Und mich ärgert immer noch, dass die guten Fanggeräte im Meer versanken.«

An dieser Stelle schaltete sich Pälsi eifrig ins Gespräch ein: »Gerade diese von Huretta erwähnten Gegenstände waren es, die ich vor dem Ersten Weltkrieg in Antrea fand. Oder vielmehr fand ich sie nicht selbst, sondern ich leitete die Ausgrabungen.«

Jetzt war Huretta in Fahrt gekommen. Er fuhr mit seiner Schilderung der steinzeitlichen Lebensbedingungen fort: »Die Wohnverhältnisse waren kümmerlich, aber damals kannte man es nicht besser. Im Allgemeinen machten wir uns Unterkünfte aus Reisig. Wir fällten einfach große Mengen Birken, sodass sie über Kreuz fielen, und häuften dann Rinde, Erde und Steine darüber auf. In einen solchen Reisighaufen passten ziemlich viele Leute. Jeder machte sich, so gut es ging, seinen Schlafplatz zurecht. Im Winter bedeckte Schnee die Höhlen, sodass wir besser vor Raubtieren geschützt waren. Die gab es nämlich schon damals, hauptsächlich Wölfe. Hin und wieder schnappten sie sich Kinder und Frauen und manchmal sogar einen Mann, wenn er allein im Wald unterwegs war. Wir zogen Jungfüchse zu Wachhunden heran, und sie warnten dann im Allgemeinen vor Wölfen; außerdem jagten sie Rene.

Größere Mengen Wild fingen wir, indem wir Waldbrände legten. Im Sommer rindeten wir mit der Steinaxt Birken ab, und zwar in einem Gelände, das an steile Abhänge grenzte. Wenn die Birken dann im Laufe des Jahres, aufrecht stehend, vertrockneten, brannten sie im nächsten Sommer gut. Wir jagten eine ordentliche Schar Rene in den Wald, zündeten ihn an, und die Familie konnte sich satt essen: Die dummen Viecher flüchteten nämlich vor dem Feuer und rannten den Hang runter, und dort warteten wir Männer mit Steinäxten in den Händen. Die Kleidung, die man aus dem Fell machen konnte, taugte nicht viel, sie hielt höchstens ein oder zwei Jahre, wie Sie an mir sehen können, aber sie wärmte wenigstens.

Vergnügungen gab es kaum. Wenn im Winter mal besonders prächtiges Polarlicht zu sehen war, versammelten wir uns; manchmal kamen bis zu hundert Menschen zusammen. Wir gingen gemeinsam in eine Höhle, entzündeten ein Feuer, aßen, und Männer und Frauen vergnügten sich miteinander bis in den Morgen. Damals wurde nicht unbedingt darauf geachtet, wer mit wem zusammen war. Kinder starben so häufig, dass es keine Rolle spielte, ob die Frauen schwanger wurden oder nicht. Niemandem wäre es eingefallen zu verhüten, man kannte sich mit diesen Dingen im Grunde genommen gar nicht aus.

Manchmal ging es auf diesen Festen ziemlich brutal zu. Nach dem Genuss von getrockneten Fliegenpilzen passierte es, dass zum Abschluss ein paar Menschen getötet wurden, einfach so, wegen des Festes. Es war nicht direkt eine Sitte, aber es kam ein paar Mal im Jahr vor. Manchmal wurden die Menschen lebendig verbrannt, manchmal im Sumpf versenkt, wie es sich gerade ergab. Allerdings kam es längst nicht zu derartigen Grausamkeiten, wie die heutigen Menschen sie in ihren Kriegen verüben. Das hätten wir uns gar nicht leisten können: Es gab ja gar nicht so viele Menschen. Hätten wir uns im heute üblichen Tempo getötet, wären wir alle gleich in der ersten Woche weg gewesen.

Krankheiten gab es im Grunde erstaunlich wenig. Die schwächsten Kinder starben gleich nach der Geburt, und überhaupt wurden die Menschen nicht alt. Ich selbst bin zum Beispiel nicht älter als dreißig geworden, auch wenn ich wie ein Greis aussehe. Im Allgemeinen genügten zwanzig Jahre, und der Mann sah wie ein alter Opa aus. Nur wenige erreichten die vierzig. Damals konnte man sowieso nicht zählen. Wir häuften einfach Steine auf, jedes Jahr kam ein neuer dazu. Wer den größten Haufen besaß, war der Älteste und bestimmte in der Gruppe. Manche fügten ihrem Stapel heimlich Steine zu, sodass die Berechnungen nicht immer der Wirklichkeit entsprachen. Das war Politik, der Älteste bestimmte!

Unser Leben war sehr einfach, und wir führten einen ständigen Kampf ums Essen. Witze wurden nicht erzählt, und ich kann mich kaum erinnern, dass mal jemand gelacht hätte, und wenn, dann war es mehr eine Grimasse. Ich selbst kann zum Beispiel heute noch nicht lachen, ist das nicht komisch? Wenn der Mensch zu Lebzeiten nicht lacht, kann er es auch nach dem Tod nicht. Es ist schrecklich für mich, die heutigen Menschen lachen zu sehen, mir macht das Angst. Hätte man damals dem Nachbarn die Zähne gezeigt, hätte er einem was mit der Steinaxt über den Schädel gegeben. Kein einziges Model hätte langer als einen Tag gelebt, außer natürlich, es wäre ganz allein gewesen.

Ja, also so war unser Leben damals, mehr gibt es, glaube ich, nicht zu erzählen«, sagte Huretta zum Schluss.

Pälsi erklärte:

»Hat er nicht ein gutes Gedächtnis? Stellen Sie sich vor, diese Erinnerungen stammen aus der borealen Steinzeit! Huretta hat inzwischen die neue Hochsprache gelernt. Sprich doch für diesen jungen Mann noch mal zur Veranschaulichung die damalige Sprache«, forderte er ihn zum Schluss auf.

»Lonjieh kos suherts marraiecouh, kur saiuno liinoul elisie! Kaalaimanhhii! Heish!«

Huretta erklärte, das bedeute, frei übersetzt, etwa:

»Was hältst du davon, lieber Nachbar, wenn wir die Netze auswerfen? Lass uns Fische fangen! Hechte!«

21

Es war sehr unterhaltsam mit dem Mann aus der Steinzeit. Aber wir mussten das angenehme Gespräch beenden, denn der Schriftsteller-Forscher Sakari Pälsi hatte noch etwas vor. Er erzählte, dass am selben Tag ein großes Treffen der Literaten Finnlands stattfinden werde und dass er beabsichtige, daran teilzunehmen:

»Alle zehn Jahre halten die toten finnischen Schriftsteller und andere Vertreter des Literaturbetriebs eine Versammlung ab. Das vorige Mal haben wir uns auf einer Insel im Pielisjärvi-See getroffen. Damals nahmen einige tausend Leute teil. Diesmal war Helsinki zum Veranstaltungsort bestimmt worden, allerdings war es nicht einfach, das richtige Gelände für ein Treffen dieser Größenordnung zu finden.«

Schließlich waren Kaivopuisto und die Felsen von Ullanlinna ausgewählt worden, und dorthin wollte sich Pälsi jetzt begeben. Er forderte mich auf, ihn zu begleiten, und ich nahm die Einladung gern an. Wir versuchten auch Huretta zur Teilnahme zu überreden, aber er meinte dazu:

»Da ich zu Lebzeiten nichts vom Schreiben gewusst habe, interessieren mich solche Versammlungen nicht sehr ... Ich werde mich ein wenig in der Stadt umsehen.«

Pälsi flüsterte mir zu:

»Ich muss leider gestehen, dass Huretta die Angewohnheit hat, ins Kino zu gehen und sich Sexfilme anzusehen ... Ich vermute, dass dabei irgendwelche primitiven Anlagen in seiner Persönlichkeit eine Rolle spielen, dass es sich um ein Relikt aus der Steinzeit handelt, an sich eine abstoßende und unanständige Neigung, aber da er mich nicht zwingt, ihn zu begleiten, habe ich beschlossen, der Sache weiter keine Beachtung zu schenken. Huretta ist ein zu alter Toter, als dass er noch seine Gewohnheiten ändern könnte.«

Am Nachmittag kamen also die toten finnischen Schriftsteller aller Zeiten in Kaivopuisto zusammen, wohin auch Sakari Pälsi und ich strebten. Es war Samstag, und das Treffen sollte am Sonntag fortgesetzt werden. Pälsi berichtete, dass die Versammlung natürlich weder eine Tagesordnung habe noch Beschlüsse fasse. Es werde so verfahren, dass jemand referierte und die anderen zuhörten, sofern die Rede interessant war. Einen Vorsitzenden gebe es nicht mehr, seit Mikael Agricola das Amt mit der Begründung niedergelegt habe, dass er zu alt und tatterig dafür sei. Maila Talvio habe sich dem Vernehmen nach bereit erklärt, seine Nachfolge anzutreten; daraus sei jedoch nichts geworden, da sie sich bald nach ihrem Tod in Luft aufgelöst habe.

Sakari Pälsi kannte die meisten anwesenden Schriftsteller persönlich. Ich registrierte, dass sich jeweils die Zeitgenossen zusammenfanden: In einer Höhle des Felsens von Ullanlinna hockten etwa zehn Greise, die zu den ältesten Bahnbrechern unserer Literatur gehörten. Pälsi zählte sie mir namentlich auf:

»Der weißhaarige Alte dort ist Mikael Agricola, der Schüler Martin Luthers, unmittelbar neben ihm sitzen Isak Rothovius und beide Gezelius' sowie der jüngere und der ältere Juhana, Gabriel Tuderus und Antti Lizelius unterhalten sich gerade mit Pietari Kalm, und wenn ich mich nicht irre, höre ich noch die Stimme von Adolf Ivar Arwidsson.«

»Hier sitzen zehn der wichtigsten historischen Persönlichkeiten Finnlands einfach in einer Felshöhle beisammen«, staunte ich. Pälsi nickte. Er sagte, dass gerade die Literatur als Kunstform für die Entwicklung einer Nation wichtig sei; ihr Einfluss auf die Geschichte des Volkes übertreffe häufig den der Politiker um ein Vielfaches. Nur leider werde die Literatur zu der Zeit, da sie geschaffen wurde, nicht gewürdigt. Erst später bemerkten die Völker, wem sie Dank schuldeten.

Als bescheidener Mann fügte Pälsi jedoch noch hinzu:

»Denken Sie nun aber nicht, dass ich mir historischen Einfluss zurechne, auch wenn ich ein Schriftsteller bin.«

Ich bemerkte darauf, dass meiner Meinung nach seine literarische Bedeutung nicht zu unterschätzen sei, und als Beweis zählte ich einige seiner Werke auf. Meine Worte schmeichelten ihm, und eifrig machte er mich auf weitere Teilnehmer des großen Schriftstellertreffens aufmerksam. Inzwischen war die Anzahl beträchtlich, die Leute saßen auf dem Rasen, spazierten unter den Bäumen herum, einige lagen wie Sonnenanbeter auf den Felsen, und hier und dort bildeten sich Gesprächsrunden, in denen ein lebhafter Gedankenaustausch geführt wurde.

Etliche weniger bedeutende Autoren hatten sich auf die Bäume gesetzt, um besser sehen zu können. Auch unzählige Kritiker waren dort hinaufgeflattert, sie saßen hoch über der Versammlung auf Birkenzweigen und diskutierten heftig über die Bedeutung der unten umherwandernden Schriftsteller. Sie trauten sich nicht selbst hinab, vielleicht aus Scheu oder weil sie sich als Eindringlinge fühlten, als ungebetene Gäste, die sich rasend für das Treffen interessierten, zu dem sie im Grunde aber nicht eingeladen waren. Sie hockten in den Zweigen wie neugierige Elstern, die das herbstliche Schweineschlachten beobachteten und sich noch nicht ans Aas trauten, jedoch auch nicht wegfliegen mochten. Pälsi führte mich auf den Felsen von Ullanlinna herum, wo wir eine repräsentative Gruppe von Schriftstellern des neunzehnten Jahrhunderts entdeckten; sie saßen in einem weiten Kreis zusammen, in dessen Mitte der große philosophische und staatswissenschaftliche Forscher J. V. Snellman höchstpersönlich das Wort führte. Sakari Pälsi und ich mischten uns unter die Zuhörer.

Gut zweihundert Personen umringten Snellman, hauptsächlich Schriftsteller der Generation, die nach dem Zweiten Weltkrieg gestorben waren.

Snellman war gerade am Ende des wirtschaftspolitischen Teils seiner Rede angelangt und kündigte an, noch kurz auf die finnische Sprache und ihre gegenwärtige Stellung eingehen zu wollen:

»Seinerzeit, als mir noch vergönnt war, auf Erden zu weilen – das ist bereits sehr lange her –, setzte ich mich mit aller Kraft für die finnische Sprache und Literatur ein. Die aufgeklärten Finnen jener Zeit vertraten die Ansicht, dass nur eine Literatur in der eigenen Sprache die Basis sei, auf der eine Nation ihre Unabhängigkeit begründen könne, zunächst geistig, dann wirtschaftlich und schließlich staatlich. Unseren sprachlichen Mindestanforderungen wurden erst zur Zeit Alexanders II. Genüge getan, damals wurde die finnische Sprache als gleichberechtigt neben der schwedischen Sprache anerkannt. Das bedeutete das Ende unseres Kampfes, den Sieg, der uns ermöglichte, die eigene Sprache zu benutzen und in ihr zu schreiben. Aus dem Stamm der Finnen wurde ein richtiges Volk, und die weitere Entwicklung führte schließlich zu Finnlands Unabhängigkeit und der Bildung eines eigenen, souveränen Staates. Diese Unabhängigkeit ist bis heute bewahrt worden, und darüber bin ich grenzenlos glücklich. Vor dreißig Jahren hielt ich bei einem ähnlichen Treffen finnischer Schriftsteller ebenfalls eine Rede, und ich weiß noch, wie ich fast zu Tränen gerührt sagte, dass die Finnen nun ein glückliches und gebildetes Volk seien. Damals, also im Jahre 1950, war der Kriegslärm verstummt, die Nation bemühte sich fieberhaft, die Wirtschaft in Gang zu bringen, und die neue Intelligenz suchte nach dem Weg in die kommende Zeit des Friedens. Die finnische Literatur erblühte, die Stellung der finnischen Sprache schien unerschütterlich.

Welche Stellung aber hat die finnische Sprache heute in diesem Land? Ich beantworte die Frage selbst, da die lebenden Finnen sie nicht hören können, und selbst wenn es so wäre, würden sie wohl kaum eine Antwort darauf geben mögen.

Die finnische Sprache musste der englischen Sprache weichen. Mit den von Edison erfundenen elektrischen Geräten ist so viel ausländische Sprache und Kultur in dieses Land transportiert worden, dass unsere eigene Sprache und Kultur Gefahr laufen, unter alledem begraben zu werden, was durch den Äther hereinschwappt. Man braucht nur mal dem Tonradio zu lauschen, da schallt einem zwischen den finnischen Ansagen eine Unmenge ausländischen Gesangs und ausländischer Rede entgegen, und diese fremde Sprache ist kein Schwedisch, sondern fernes Englisch, das von Großbritannien und vor allem von jenseits des Atlantiks, aus Amerika, kommt. Schaut man sich in den Straßen der Stadt um, steht dort kaum mehr ein finnisches Wort geschrieben. Beinahe die gesamte Reklame, in der die Leute zum Kauf all der Waren aufgefordert werden, ist in einer fremden Sprache verfasst, und wieder ist es Englisch. Die Programme im Sichtradio sind überwiegend englischsprachig, und unsere eigene Sprache findet sich nur noch als kleine weiße Schrift am unteren Rand der Bildtafel, sodass ein Bürger, der die ausländische Sprache nicht beherrscht, seine ganze Aufmerksamkeit darauf richten muss, um zu verstehen, was auf der Tafel abläuft. In den großen Filmhäusern geht es ähnlich zu. Nur noch wenige finnische Filme werden jährlich den Bürgern gezeigt, alle anderen, Hunderte und Tausende, sind fremdsprachig.

Die Jugend, die heute von den Bildungseinrichtungen kommt, spricht nicht mehr die heimischen Dialekte, ja, nicht einmal ein Finnisch, das der Erwachsene ohne weiteres versteht, sie presst vielmehr die Strukturen der finnischen Sprache in eine fremde Form. Unsere geliebte Sprache ist nur mehr eine rohe Mischung aus fremdsprachigen Worten und dem schönen finnischen Sprachstamm. Dass die jungen Leute die eigene Sprache nur noch mangelhaft beherrschen, verwundert nicht, denn niemand schreitet dagegen ein, dass sie untereinander die in der Schule erlernten fremden Sprachen sprechen und sie mit Finnisch vermischen. Sie schätzen die ausländischen Sprachen und halten sie für schöner als die eigene, was ein Zeichen mangelnder Reife ist. Sie erkennen nicht, dass nicht das Fremdartige eine Sprache edel macht, sondern die Kunst desjenigen, der sie benutzt. Kindern und Jugendlichen könnte man all das noch verzeihen, nicht aber den Erwachsenen, die diese schlimme Entwicklung zulassen. Die Verfasser der Reklame, die Käufer und Hersteller der Programme, die im Sichtradio gezeigt werden, die Pächter der Filmhäuser, die Spieler der Phonographen im Tonradio, die Herausgeber der in Serien erscheinenden Bilderheftchen, sie alle verdienen ihr elendes Brot damit, dass sie die finnische Sprache und Kultur verderben und im eigenen Land immer weiter zurückdrängen. Warum gestattet man ihnen, ihr kulturelles Zerstörungswerk ungehindert fortzusetzen?

Seit einigen Jahren ist es unter den jungen Leuten in Finnland üblich, die Arbeitshosen der amerikanischen Landarbeiter und Viehhirten anzuziehen, ein Kleidungsstück, das die armen Neusiedler Ende des vergangenen Jahrhunderts trugen. Diese jämmerlichen, leicht reißenden Hosen werden bei uns jedoch nicht zur Arbeit eingesetzt, sondern sie sind zur Festkleidung erhoben worden; die finnischen Jugendlichen verbringen darin ihre gesamte Freizeit, gehen darin zu ihren Tanzabenden und anderen Treffen. Derartige Ausmaße hat die Nachahmung fremder Kultur bereits angenommen! Begreift denn kein einziger einflussreicher Mensch in diesem Land, dass mit der fremden Sprache auch klammheimlich eine fremde Kultur zu uns kommt, die ihrerseits zu den merkwürdigsten Auswüchsen führt, wie man überall in Finnland sehen kann? Wenn tatenlos zugeschaut wird, wie die eigene Kultur durch Allerweltsschund verdrängt wird, nagen die fremden Kulturen bald an der staatlichen Unabhängigkeit des Landes. Und wenn diese Wühlarbeit unbemerkt über Jahre vor sich geht, ohne dass sich jemand darum kümmert, sind die dadurch verursachten Schäden mit einfachen und billigen Mitteln nicht mehr zu korrigieren. Wenn eine Nation erst feststellen muss, dass sie den fremden Einflüssen kaum noch eine eigene Kultur entgegenzusetzen hat, ist der Zeitpunkt nicht mehr fern, da sie im Dunkel der Geschichte verschwindet. Sie wird zwangsläufig gänzlich von den ausländischen Kulturen überschwemmt und verschmilzt am Ende mit ihnen. Ein solches Volk hat keine Bedeutung mehr, ist mitsamt seinem Staat dem Untergang preisgegeben. Auf

ebendiesem Weg befindet sich jetzt das finnische Volk, durch blindes Nachäffen anderer Kulturen geht es seinem Untergang entgegen.
Ich mache Ihnen, die Sie in den letzten Jahren verstorben sind, keinen Vorwurf, denn bei alledem ist gerade die Literatur am ehesten finnisch geblieben, und die finnischen Schriftsteller waren am allerwenigsten bereit, die neue, allgemein englische Kultur zu unterstützen. Ich will auch keinen Nationalismus oder Lokalpatriotismus schüren, denn dessen zerstörerische Folgen habe ich in den Dreißigerjahren mit eigenen Augen in diesem Land ansehen müssen. Aber ich will eine deutliche und scharfe Trennlinie ziehen, wo Finnisch und wo eine fremde Sprache gesprochen und geschrieben wird. Das Bildungswesen hat die Aufgabe, den Kindern ausreichende Kenntnisse in fremden Sprachen zu vermitteln, aber dabei muss es bleiben. Die Schulen dürfen sich nicht dazu hergeben, fremde Kulturen bei uns zu vermarkten, auch nicht, wenn das Erlernen der Fremdsprachen dadurch gefördert wird. Wer die Gebräuche des Nachbarn kennen lernen oder mit ihm Handel treiben möchte, sollte sich auf keinen Fall zu dessen Diener machen.«
Snellman verließ seinen Platz in der Mitte des Kreises. Begeisterte Hurrarufe ertönten, der Redner wurde zu seinen klugen Worten beglückwünscht, und dann trat ein alter, weißhaariger Mann, A. I. Arwidsson, vor und sagte mit weithin hörbarer Stimme:
»Schweden sind wir nicht, Russen sind wir nicht gewor-

den, wir waren Finnen, aber jetzt scheinen wir zu Engländern und Amerikanern zu werden!«

Damit endete das offizielle Programm des Schriftstellertreffens für diesen Tag. Pälsi unterhielt sich noch mit Vilkuna; ich entdeckte abseits auf einem Felsen drei berühmte Schriftsteller, nämlich Aleksis Kivi, Eino Leino und Pentti Haanpää, und trat hinzu, um ihnen zu lauschen. Ihr Gespräch schien lustig zu sein, denn sie lachten immer wieder laut auf. Als sie bemerkten, dass sich noch mehr Zuhörer des bisherigen Redners um sie versammelten, hauptsächlich Kritiker, entfernten sie sich, immer noch laut lachend.

Zum Zeitvertreib folgte ich ihnen. In Kaivopuisto trat den drei Nationalschriftstellern ein stämmiger Mann in schwarzem Gewand entgegen, sie verbeugten sich höflich und gingen dann zusammen mit ihm in die Stadt. Ich beschleunigte den Schritt, und bald sah ich zu meiner großen Verwunderung, dass es sich bei dem Mann um Propst Hinnermäki handelte.

22

Propst Hinnermäki erkannte mich schon von weitem. Er stellte mich den drei Schriftstellern vor und fragte dann, wie die Sache mit meinem Mädchen ausgegangen sei.

»Wir haben uns getrennt«, sagte ich niedergeschlagen.

»Sie ist also nicht gestorben? Nun, mein Sohn, irgendwann

wird es so weit sein. Warte einfach ab, noch nie hat jemand die Welt lebend überstanden.«

Ich sagte, dass Elsa sehr wohl gestorben sei, so wie erwartet, dass sie mich dann aber verlassen habe:

»Es geschah auf dem Mond. Aber reden wir jetzt nicht davon. Wie bist du denn mit diesen Herren bekannt geworden?«

Die Schriftsteller erzählten, dass sie Hinnermäki gut kannten und sich schon oft mit ihm über existenzielle Fragen unterhalten hatten. Doch als der Propst anschließend die drei zu überreden versuchte, sich gemeinsam anzuschauen, wie sich einer seiner ehemaligen Konfirmanden, ein Bauer, totsoff, sagten die Schriftsteller wie aus einem Mund, dass sie seinerzeit so viele am Alkohol hatten sterben sehen, dass es sie nicht mehr interessierte. Außerdem hatten sie noch etwas anderes vor und waren in Eile.

Ich hatte Zeit, sodass ich beschloss, den Propst zu begleiten.

Hinnermäki informierte mich darüber, was mich erwartete:

»Es handelt sich um den Bauern Arttela aus Suomusjärvi. Ach, was war er als Kind, als ich ihn konfirmierte, für ein niedliches Kerlchen ... nun ja. Heute ist er ein exorbitanter Trinker, ein richtiges Prachtexemplar. Er ist sehr einfallsreich, und er hat Geld. Jetzt zecht er bereits drei oder vier Tage und Nächte ohne Pause. Bald fällt der Vorhang, um es mal so auszudrücken. Dies ist garantiert Arttelas letzte Saufkur.«

Wir begaben uns nach Suomusjärvi, wo Hinnermäki mir Arttelas Saufkapital zeigte, ein beachtliches Landgut mit weiten Feldern, zahlreichen Stallungen und einem großen Hauptgebäude, einem zweistöckigen roten Holzhaus. Ein solches Anwesen zu versaufen, erforderte in der Tat eine respektable Leistung auf diesem Gebiet.

Der Hausherr saß stockbesoffen im Schaukelstuhl mitten in der großen Stube, in der Hand hielt er einen tropfenden Becher mit Schnaps und auf dem Schoß eine tropfnasse, struppige schwarze Katze. Der Mann war erst um die fünfzig, hatte aber bereits weißes Haar. Er wirkte schlaff, sein Bauch war dick und aufgedunsen. Wenn er seinen Schlund öffnete, um zu lachen, wurden braune Zähne und eine grünlich belegte, dicke Zunge sichtbar, und wenn er seine faulige Schnapsfahne ausatmete, wandte sich sogar die Katze ab, und ihre Schwanzhaare sträubten sich vor Ekel.

Das große Herrenhaus war insgesamt so verwahrlost, dass es schon fast harmonisch wirkte. Offensichtlich war seit Jahren nicht mehr aufgeräumt worden. Möbel und ländliches Gerät standen oder lagen wahllos herum, Staub und Schimmel bedeckten die Gegenstände, den Fußboden, die Wände. Das Dach des Gebäudes hing schief, der einstmals rote Anstrich der Wände hatte sich dunkelbraun verfärbt, zwischen den Holzbalken klafften Lücken, denn niemand hatte sie je abgedichtet. Der große, aus Steinen gebaute Kuhstall war verwittert wie eine alte Burg, und der wackelige, verrostete Wetterhahn auf dem Dach hatte seinen Schwanz eingebüßt und war damit nicht mehr einsatzfähig. Im Geräteschuppen stand ein schmutziger Traktor ohne Reifen, einer der vorderen Scheinwerfer war zersplittert. Am Feldrand verrotteten eine Mähmaschine und zwei Eggen, wenn sie auch, von dünnem Herbstschnee bedeckt, einen beinahe schönen Anblick boten. Im hinteren Teil des Hofes gab es eine aus Balken errichtete, vollkommen windschiefe Sauna mit eingeschlagenen Fenstern. Offenbar hatte jemand versucht, die schwarzen Löcher mit Säcken abzudichten, doch der eisige Wind hatte die Fetzen heruntergerissen und auf den eingestürzten Ofen jede Menge Schnee geweht.

Propst Hinnermäki beschrieb mit der Hand einen weiten Bogen über die ausgedehnten Felder und die dunklen Wälder dahinter.

»All das gehörte einst der Familie Arttela, aber der Sohn hat das meiste inzwischen vertrunken. Geblieben sind ihm etwa zweihundert oder dreihundert Hektar, was immer noch mehr ist als in dieser Gegend üblich. Es ist also nicht der Hunger, der ihn umbringt, sondern es ist der Schnaps, und das wäre nicht nötig gewesen.«

Wir kehrten in die Stube zurück, um nachzusehen, wie weit Arttela mit seiner Sauferei gekommen war.

Er saß immer noch im Schaukelstuhl und hielt die Katze auf dem Schoß. Das Tier hockte wütend in den Händen des Säufers, wagte aber nicht, herunterzuspringen. Arttela nahm einen Schluck aus dem ramponierten Emaillebecher, seufzte schwer und schloss seine gelblich angelaufenen Augen; sein ganzer elender Körper bebte, sodass man beinahe Mitleid mit ihm haben musste. Dann wurde ihm von dem langen, kalten Schluck übel. Er sprang auf und schleuderte die erschrockene Katze an die Wand, wo sie sich an einen dort angebrachten Elchkopf klammerte. Arttela rannte polternd nach draußen, ließ sich am Fuße der Treppe auf alle viere nieder und erbrach sich so heftig, dass sein rotes Gesicht schwarzblau anlief. Aus der Gurgel des Säufers plätscherte gelbe Magenflüssigkeit, durchsetzt mit unverdauten Wurststücken, auf den schneebedeckten Hof. Es war ein hässlicher Anblick, wie Arttela dort seinen Tag begann, der sich für die anderen Menschen bereits dem Ende zuneigte. Uns Toten ging es ans Herz, wie sich der Mann da vor uns qualvoll in Krämpfen wand und seinen Schleim in den weißen Schnee spuckte.

Nachdem Arttela sich seines Mageninhalts entledigt hatte und wieder ins Haus gewankt war, hockte sich Propst Hinnermäki nieder, um die Pfütze mit dem Erbrochenen zu untersuchen, die in dem frisch gefallenen Schnee dampfte und mit ihm verschmolz.

»Wie ich schon vermutete, der Abgang ist nah. Da, zwischen den Wurststücken sind, zusätzlich zur gelben Pankreasflüssigkeit, ziemliche Mengen Blut, sieh nur! Ich würde fast wetten, dass dem Mann nur noch ein paar Tage bleiben. Aber gehen wir rein, jetzt kommt er in Schwung, nachdem er sich übergeben hat.«

Drinnen in der Stube widmete sich der elende Mensch bereits wieder seiner nächsten Schnapsration. Mit zitternden Händen schraubte er die Flasche auf und ließ den Inhalt in den Becher rinnen; ein Teil der Flüssigkeit landete auf der Wachstuchtischdecke. Als er den Becher gefüllt hatte, setzte er ihn an die Lippen und nahm einen langen Schluck, dann schloss er seine gequälten Augen und wartete ab. Er machte sich darauf gefasst, wieder nach draußen rennen zu müssen, sollte sein Magen erneut gegen den Schnaps revoltieren. Die Katze saß auf dem Elchgeweih, leckte ihr Fell und schielte ab und zu wütend zu dem Bauern, der sich wartend den Bauch hielt.

Diesmal behielt sein Magen jedoch alles bei sich, was er trinkend hineinbeförderte. Bald begann sich der Säufer von seinem schrecklichen Kater zu erholen. Sein Körper hörte auf zu zittern, auf seinen Wangen breitete sich blasses Rot aus, seine Handgriffe wurden präziser und sein Schritt fester. Schließlich schaukelte er mürrisch in seinem Stuhl, und aus seiner Kehle drangen einzelne Wörter und kleine Sätze:

»Verflucht … noch ist nicht Schluss … durchaus nicht …«

Nach ein paar weiteren Bechern wurde er hektisch betriebsam. Er wanderte im Zimmer umher, stieß mit den Füßen gegen die Möbel, spuckte in die Ecken, brüllte herum und kommandierte in dem einsamen Haus. Ab und zu rief er nach der Katze, die wohlweislich auf ihrem sicheren Platz im Elchgeweih blieb.

Dann begann Arttela fieberhaft herumzutelefonieren. Anscheinend legten alle Angerufenen sofort den Hörer auf, was ihn zu Wutausbrüchen veranlasste, aber nicht davon abhielt, es nach einer Weile erneut zu versuchen. Schließlich bekam er einen seiner Saufkumpane an die Strippe und sagte in befehlendem Ton:

»Hei, hier Arttela. Komm her, und zwar sofort! Noch geht die Welt nicht unter, das kannst du mir glauben! Nimm dir ein Taxi und komm sofort her, dann bringen wir Schwung in die Sache.«

Bald bog ein rotes Taxi auf den Hof ein, dem ein magerer, schäbiger Säufer von vielleicht dreißig Jahren entstieg. Er trug einen viel zu dünnen Popelinemantel, und unterhalb der Hosenbeine blitzten die unbestrumpften Fesseln auf, als er über den verschneiten Hof ging. Er stakste wie ein Storch, damit kein Schnee in seine Schuhe drang. Mit blauer Nase meldete er sich bei Arttela, der ihn damit empfing, dass er ihm gleich die Schnapsflasche an den Hals setzte.

»Das ist Lehesmäki«, erklärte mir Propst Hinnermäki. »Er regelt Arttelas Angelegenheiten, ist eine Art Haushofmeister und treuer Saufkumpan.«

»Ich bestelle also Frauen«, sagte Lehesmäki, während er am Telefon eine Nummer wählte. Er drehte sich zum Hausherrn um und fragte:

»Es dürfen sicher auch mehrere kommen?«

»Meinetwegen das ganze westliche Uusimaa einschließlich Turku, immer her mit ihnen«, bekräftigte Arttela im Suff.

23

Auf Arttelas Anwesen nahm man nun ernsthaft in Angriff, das Landgut an die Spekulanten und den Hausherrn ins Grab zu trinken. Taxis brachten Trinker aus allen Richtungen – sogar aus Turku und aus Helsinki –, Männlein und Weiblein. Es kamen Gauner und Huren, Waldkäufer und Grundstückspekulanten, Geschäftsmänner, Typen mit Instinkt fürs schnelle Geld, ausgerüstet mit fertig aufgesetzten Kaufverträgen, und in einem der Wagen saß auch ganz unauffällig der devote Oberbuchhalter einer kleinen Bank, der nicht wegen der Feier kam, sondern sich nur für seine Papiere und die zittrige Unterschrift des betrunkenen Bauern interessierte.

Arttela nahm dicke Bündel schmutzigen Geldes entgegen, die er postwendend an Lehesmäki weiterreichte, der damit Schnaps, Frauen und die anderen obligatorischen Zutaten eines zünftigen Saufgelages bezahlte.

In einer Ecke der großen Stube dröhnte der Plattenspieler, die Huren lachten schrill und roh über ihre eigenen Einfälle und über den betrunkenen Gastgeber, der mitten in der Stube plump tanzte und in den Pausen Geldscheine zerriss. Das Gesindel griff nach den Fetzen und verzog sich ins Nebenzimmer, um die wertvollen Schnipsel wieder zusammenzukleben. Irgendwo ging eine Fensterscheibe klirrend zu Bruch, jemand kotzte in die ehemalige Milchkammer des Hauses, auf dem Hof knallten die Taxitüren, und die Taxameter tickten auf Kosten des Gastgebers. Die Fahrer freuten sich, denn Arttelas Feste brachten den Taxiunternehmern der Gegend mehr Einnahmen als die winterlichen, von der Gemeinde finanzierten Schülertransporte. Der große Arttela allein konnte es mit gut hundert kleinen Schulkindern aufnehmen, ohne auch nur einmal selbst in ein Taxi zu steigen.

Bei Einbruch der Nacht erschien der Mond am Himmel, doch das Fest dauerte an, bis einige der Gäste zwischen Wandteppichen, Läufern und zerschlissenen Betttüchern in der Stube auf dem Fußboden lagen und die anderen draußen auf der Treppe. Nur der Bauer selbst tobte weiter herum und hatte schließlich den verrückten Einfall, neue Gäste zu dem sonderbaren Fest einzuladen. Da ihm dies per Telefon nicht gelang, stellte er sich zusammen mit Lehesmäki an die Landstraße. Dort stoppten sie den erstbesten Linienbus, der aus Richtung Helsinki vorbeikam, und luden alle Reisenden zu dem Besäufnis ein. Zufällig saß in dem Bus eine Eishockeymannschaft aus Turku, die bei einem Match in Helsinki die dortige Mannschaft 4:3 besiegt hatte, und alle Spieler waren der Ansicht, dass dies Grund genug für eine außerplanmäßige Feier war.

Die Eishockeymannschaft unterbrach ihre Fahrt, die jungen Burschen zogen sich ihren Spielerdress an, allerdings ohne Schlittschuhe, und gaben so dem Gelage eine besondere und farbige Note. Zwei Taxis wurden losgeschickt, die aus der Stadt neue Getränke heranschaffen sollten, und auf dem Hof wurde aus Erbmöbeln ein großer Holzstoß errichtet, mit Benzin übergossen und angezündet. Am lodernden Feuer und im hellen Licht des Mondes tobten die Feiernden mehrere Stunden herum, der Gastgeber selbst am heftigsten. Auch ein Wagen der Polizei von Lohja erschien auf dem Hof, die beiden Wachtmeister blieben außerhalb des Lichtkreises, sahen sich den Trubel von weitem an und fragten sich:

»Wie viele Hektar vertrinkt Arttela wohl diesmal?«

Die Polizisten griffen nicht ein, weder um für Ordnung zu sorgen, noch um mitzueifern; sie stiegen schließlich in ihr Auto und fuhren davon. Auf Arttelas Gut wüteten mal wieder zu viele Betrunkene – um hier aufzuräumen, hätten die Polizeikräfte einer Stadt nicht ausgereicht.

Propst Hinnermäki wirkte zufrieden: Es ging hoch her, sodass er sich garantiert nicht umsonst herbemüht hatte. Bald würde er Arttelas Geist empfangen dürfen.

Kurz vor Mitternacht zog sich der Bauer ins Haus zurück. Er tastete sich an den Wänden entlang, presste die Hand aufs Herz, taumelte in die hinterste Kammer und sank mit seinem ungeschlachten Körper auf den Stuhl hinter dem Schreibtisch seiner Vorväter. Dort blieb er in unbequemer Haltung sitzen, Schaum und Geifer quollen ihm aus dem Mund, die Brust zuckte unter schwerem Schluckauf. Mit müden Augen sah er durchs Fenster auf die vom Mond beschienenen verschneiten Felder und lächelte seltsam. Er stank, als wäre er schon tot, und seine Stimme klang rau und belegt, als er zu sich selbst sagte:

»Freude muss sein, vor allem Freude ...«

Hinnermäki flüsterte:

»Nie hätte ich gedacht, dass aus meinem ehemaligen Konfirmanden mal ein solches Wrack wird.«
Ich fand, dass der bedauernswerte Arttela jetzt endlich sterben könnte. Er hatte seine Rolle in diesem Stück gespielt, intensiv und mit aller Kraft, jetzt war es an der Zeit, dass das qualvolle Fest für die Hauptperson endete. Mir tat der sterbende Mann Leid, was ich aber nicht laut äußerte.
Ein letztes Mal brachte Lehesmäki dem spendablen Gastgeber Schnaps. Automatisch leerte Arttela seinen Becher, ohne wirklich noch zu begreifen, was er tat. Auf sein geschwollenes Gesicht trat ein idiotisches Lächeln, das er nicht mehr kontrollieren konnte. Sein linkes Auge begann heftig zu zucken, was seinem Gesicht eine komische Note gab; es wirkte auf grausige Weise schelmisch, als hätte sich der Mann hier in dem einsamen Zimmer einen harmlosen Streich ausgedacht, an dem er schon im Voraus seinen Spaß hatte.
Schließlich sank der Kopf des Säufers auf den Schreibtisch, sein Arm rutschte von der Stuhllehne, und sein Herz gab auf; es schlug noch ein paar Mal schwer, wobei es fast zersprang, und blieb dann stehen, vibrierte ein letztes Mal. Es hatte nicht mehr die Kraft, Blut in den umnebelten Kopf des Trinkers zu pumpen. Nach einigen Minuten war der ganze Körper gelähmt, die Hirntätigkeit hatte für immer aufgehört, und Arttelas Geist begann sich langsam aus dem betrunkenen Körper zu lösen.
Der Tod des Bauern wurde von niemandem bemerkt. Lehesmäki leitete auf dem Hof die Feier, die Leute lärmten

und grölten, als wäre nichts geschehen. Um das Feuer zu nähren, trugen sie die alte Standuhr hinaus und zerschlugen sie; die Zeiger waren beim Zeitpunkt von Arttelas Tod stehen geblieben. Bald verkohlte das Zifferblatt im Feuer – nie wieder würde das alte Erbstück die Zeit anzeigen.

Arttelas Geist stierte töricht im Sterbezimmer umher. Es fiel dem Verstorbenen schwer zu begreifen, dass er endlich tot war, dass geschehen war, was er sich so oft in seinem schweren Kater gewünscht hatte.

Er erkannte in Hinnermäki seinen ehemaligen Pastor, erbleichte und stammelte etwas von seinen Sünden, beruhigte sich aber, als der Propst ihm sagte, dass er nicht vor dem Jüngsten Gericht stehe, sondern dass er schlicht und einfach am Suff gestorben sei, mehr nicht.

Durch den Tod war Arttelas Kopf klar geworden, sein Geist schwankte und grölte weder, noch tanzte und sang er. Stattdessen beobachtete er wütend das Besäufnis auf seinem Hof und erkundigte sich bei Hinnermäki:

»Ist es immer noch mein Geld, das sie da versaufen?«

»Ja, dein Geld, mein Sohn. Sie wissen ja nicht, was mit dir armem Kerl eben geschehen ist.«

Arttela mischte sich unter die Feiernden, knöpfte sich Lehesmäki vor und versuchte ihn zur Vernunft zu bringen. Aber der alte Freund hörte nicht auf ihn, sah ihn nicht einmal an. Arttela wurde zornig und versuchte das Gesindel vom Hof zu jagen:

»Schluss jetzt! Es gibt einen Todesfall, verzieht euch, ihr Irren!«

Niemand beachtete ihn. Er musste unverrichteter Dinge zu uns zurückkehren. Das absurde Fest ging weiter, auch wenn der Geldgeber wünschte, dass Ruhe einkehrte. Arttela betrachtete niedergeschlagen die Verwüstung auf seinem Hof. Obwohl er tot war, hatte er immer noch die Nervenzuckung im linken Auge. Es war das einzige scheinbare Anzeichen von Fröhlichkeit auf seinem von Ausschweifungen gezeichneten Gesicht. Ich vermutete, dass er die Zuckung für immer behalten würde, da sie nicht einmal nach Eintritt des Todes aufgehört hatte.

Der Vollmond nach Mitternacht war klar und auf grausame Weise schön. Als wir uns an den Rand des Hofes zurückzogen, trafen wir auf Arttelas schwarze Katze, die hinter dem Kuhstall hervorkam und sich deutlich von dem schimmernd weißen Schnee abhob. Sie hielt sich ängstlich im Schatten der Wände und horchte auf den Lärm der Feiernden, ihr Schwanz zuckte wütend. Als Arttela das Tier im Schnee sah, bekam er einen Wutanfall und nahm Anlauf, um ihm einen Fußtritt zu verpassen.

»Verfluchtes Vieh! Hier treibst du dich also rum!«

Doch die Katze sauste nicht gegen die Schuppenwand, sie hockte da und sah sich verwundert um. Arttela starrte sie eine Weile entsetzt an und vergaß sie dann. Weil er Durst bekam, versuchte er eine Hand voll Schnee aufzunehmen und in den Mund zu stecken, doch seine Hand blieb leer, weswegen er auch nur leer schlucken konnte.

Schließlich verschwand der Mond, und der Morgen kam. Die Taxis fuhren davon, das Fest war zu Ende und das Lagerfeuer auf dem Hof erloschen. Arttelas hungrige Katze leckte im Hausflur Erbrochenes auf. Hinnermäki und ich sahen, dass Arttela im Laufe der Nacht fast durchscheinend geworden war. Wir sagten uns, dass er nicht lange im Jenseits verweilen würde, der Schnaps hatte sein Hirn so zerfressen, dass für seinen Geist keine Hoffnung auf ein langes Dasein nach dem Tod bestand.

Arttela hatte sich zu Lebzeiten so um den Verstand getrunken, dass er, als gegen Mittag sein Tod entdeckt und sein Körper in einen Krankenwagen getragen wurde, nichts mehr davon mitbekam. Seine Seele hatte sich im beginnenden Frosttag verflüchtigt, sich endgültig aufgelöst. Zurück blieben nur das verwahrloste Herrenhaus und die Spuren, die das verkaterte Gesindel beim Aufbruch hinterlassen hatte. Am Abend nagelten Polizeibeamte die Haustür zu, erschossen die Katze auf dem Hof und fuhren davon, um ihre Protokolle zu schreiben.

24

Nach Arttelas Tod beschloss ich, mich nach Sankt Petersburg aufzumachen, denn mir schien, dass ich Elsa in Helsinki nicht finden würde, und die vergebliche Suche begann mich zu ermüden. Ich erinnerte mich, dass sie mit einem ihrer Besucher im Krankenhaus über die Architektur Sankt Petersburgs gesprochen hatte, und so kam ich auf die Idee, den Newski Prospekt nach ihr abzusuchen.

Auf diesem breiten Boulevard liefen zwar scharenweise Tote herum, doch Elsa traf ich auch hier nicht.

Es ergab sich jedoch, dass gerade während meines Aufenthalts eine weltweite Konferenz stattfand, deren sämtliche Teilnehmer beim russischen Roulett ums Leben gekommen waren. An der Konferenz nahmen etwa fünfzig Geister teil. Sie hatten sich im größten Salon des berühmten *Hotel Astoria* versammelt, der um diese Jahreszeit gewöhnlich frei war. An den langen Tischen saßen finstere Gestalten; sie sahen genau so aus, wie man sich Menschen vorstellte, die ihr Leben beim makabren Glücksspiel weggeworfen hatten.

Russisches Roulett zu spielen schien eine alte Sitte zu sein, denn ein beträchtlicher Teil der Anwesenden war in der Mode des vergangenen Jahrhunderts gekleidet. Natürlich waren auch jüngere Geister darunter, sogar einige, die erst unlängst gestorben waren; vermutlich hatten sie den Film *Elchjagd* gesehen und das darin gezeigte grausame Spiel an sich selbst ausprobiert. Die Unterhaltung an den Tischen wurde hauptsächlich auf Französisch und Russisch und, unter den jüngeren Leuten, auch auf Englisch geführt. Ziemlich viele Teilnehmer hatten einen Trommelrevolver dabei, den sie beim Sterben in der Hand behalten hatten. Über Munition verfügte keiner, aber manche besaßen immerhin eine Hülse, die sie zum Zeitvertreib in der Hand drehten, während sie den Vorträgen lauschten.

All diese Männer gehörten eindeutig der Oberschicht an. Sie waren vorbildlich gekleidet, vor allem die, die aus früheren Zeiten stammten. Ich sah zahlreiche junge, schmucke Offiziere. Frauen waren nicht unter den Teilnehmern, woraus sich schließen ließ, dass russisches Roulett hauptsächlich von Männern praktiziert wurde. Warf man einen Blick in die Runde, fiel auf, dass die Roulett-Opfer allesamt gelangweilte Müßiggänger mit stechendem Blick waren. Ich entdeckte keinen einzigen Arbeiter oder armen Menschen. Wahrscheinlich begehen solche Leute nicht aus purem Jux Selbstmord, und falls sie sich umbringen, nehmen sie den Strick oder gehen ins Wasser. Ein mit Mühsal beladener Mensch ist nicht verwegen, er spielt nicht mit dem Leben, das er trotz aller Schwierigkeiten für kostbar hält.

Die Teilnehmer dieser Versammlung hatten jedoch genau das getan, und sie schienen nicht sehr zu bereuen, dass das Spiel für sie tödlich geendet hatte. Sie akzeptierten die Regeln und schienen ihre Charakterschwächen für äußerst ehrenhafte Eigenschaften zu halten. Allerdings beklagten sie im Gespräch, dass das Spiel in den meisten Fällen bereits nach dem ersten Schuss geendet hatte: Die Mitspieler hatten auf eine Fortsetzung verzichtet und waren so am Leben geblieben. Im Angesicht des Todes denken eben auch die besten Freunde nur an sich selbst, das wurde im Salon des *Hotel Astoria* immer wieder betont.

Ich lernte auf der Konferenz einen jungen Leutnant der Kavallerie kennen, der sich irgendwann zu Beginn des letzten Jahrhunderts in Sankt Petersburg eine Kugel in den Schädel gejagt hatte. Er sprach ein wenig Finnisch, denn sein Vater hatte eine Jagdhütte in Lappeenranta besessen. Zum Zeitpunkt seines Todes war er knapp über dreißig und bereits ein rechter Nichtsnutz, Säufer und Müßiggänger gewesen. Als er nach allen Regeln bestattet worden war, hatte sein Vater, ein alter Oberst des Zaren, zufrieden geäußert:

»Es ist einfach großartig, dass mein lieber Sohn Sergej schon in so jungen Jahren den Einfall hatte, sich zu erschießen.«

Sergej erzählte mir, dass im Laufe der Zeit Tausende Opfer des russischen Rouletts im Jenseits aufgetaucht waren. Als ich verwundert fragte, warum dann die Anzahl der Teilnehmer an dieser Konferenz so gering sei, erklärte er:

»Du weißt ja sicher, dass sich die Geister der meisten Toten alsbald verflüchtigen ... Aus irgendeinem Grund wandere ich immer noch hier herum. Meine Mutter und meine finnische Amme pflegten zu sagen, dass ich ein intelligenter Bursche mit schneller Auffassungsgabe, nur leider auch boshaft und faul gewesen sei.«

Sergej berichtete noch, dass im Übrigen ziemlich viele seiner Schicksalsgefährten inzwischen nichts mehr von der ganzen Sache wissen wollten, sondern so taten, als seien sie eines natürlichen Todes gestorben.

»Außerdem bleiben die Menschen trotz gemeinsamer Erfahrungen nicht ewig in Kontakt. Uns Opfer des russischen Rouletts könnte man mit Kriegskameraden vergleichen. Auch alte Kampfgefährten haben keine Lust, sich dauernd zu treffen, und schon gar nicht nach ihrem

Tod. Ich nehme zum puren Zeitvertreib einmal im Jahr an dieser Konferenz teil, denn ich habe im Jenseits eigentlich keine spezielle Beschäftigung. Manchmal beobachte ich, wenn sich dumme lebende Menschen dem Spiritismus widmen. Ich habe herausgefunden, wie man sie foppen kann. Wenn es dich interessiert, kann ich dir zeigen, wie es geht.«

Dankend nahm ich das Angebot an. Ich stellte es mir interessant vor, als Geist einer spiritistischen Sitzung beizuwohnen.

Später am Abend hielt Sergej auf der Konferenz einen ziemlich langen und detaillierten Vortrag über die Entwicklung des Trommelrevolvers im zwanzigsten Jahrhundert. Er bewies anhand vieler Beispiele, wie diese Waffen immer sicherer und präziser geworden waren. Sie wurden jetzt nicht mehr in Handarbeit, sondern größtenteils in Serienproduktion hergestellt, was jedoch nicht ihrer Qualität Abbruch tat. Ungeachtet der Fortschritte in der Entwicklung der Handfeuerwaffen galt der Trommelrevolver nach wie vor als konkurrenzfähig, und er hatte überall auf der Welt Millionen von Anhängern.

»Bei der Munition war die Entwicklung womöglich noch beachtlicher. Die Patronenhülsen, das Pulver, die Zündhütchen und vor allem die Geschosse sind beinahe perfektioniert worden. Heute passiert es äußerst selten, dass jemand am Leben bleibt, weil das Geschoss nicht losgeht«, erklärte Sergej.

»Noch zu Beginn des neunzehnten Jahrhunderts war es

nichts Ungewöhnliches, dass jemand beim russischen Roulett nur wegen einer mangelhaften Patrone überlebte. Die Waffe funktionierte eben einfach nicht. So kam der Zufall gleich zweimal zum Einsatz, einmal an der üblichen Stelle, die zum Spiel gehörte, nämlich bei der Drehung der Trommel, und dann noch bei der schlechten Patrone.

Obwohl die Ballistik beim russischen Roulett keine große Rolle spielt, kann ich dennoch sagen, dass es auch auf diesem Gebiet eine Entwicklung gegeben hat. Die besten der heutzutage hergestellten Geschosse eignen sich ausgezeichnet für den besagten Zweck. Zur Auswahl stehen Vollmantelgeschosse, Teilmantelgeschosse, Geschosse mit Chromspitze oder mit vielen anderen Arten von Spitzen. Damit kann man sich erschießen, ohne dass der Kopf zerplatzt, und nur eine winzige Öffnung zeigt die Stelle, an der das Geschoss eingetreten ist. Zu meiner Zeit war das Loch am Hinterkopf bisweilen unangenehm groß – viele von Ihnen haben das persönlich erfahren. Der Anblick einer solchen Schusswunde ruft bei den Mitspielern Ekel hervor, sei es auch, dass in der entsprechenden Situation alle erheblich alkoholisiert sind oder unter dem Einfluss anderer Rauschmittel stehen. Bei den neuen Geschossen ist das Ergebnis sauber, und so ist denn auch festzustellen, dass heutzutage russisches Roulett zumeist so lange gespielt wird, bis alle Teilnehmer im Jenseits angekommen sind.«

Mit diesem aufschlussreichen Vortrag endete das Programm. Der junge französische Graf, der den Vorsitz innegehabt hatte, schlug vor, die Konferenz mit einer gemeinsamen Salve zu beenden, die das Zusammengehörigkeitsgefühl und die Brüderlichkeit der kühnen und verwegenen Männer symbolisieren sollte. »Salve« sollte dabei natürlich nur gebrüllt werden.

Wer einen Revolver dabeihatte, setzte ihn an die Schläfe, und die anderen markierten die Waffe mit dem Finger. Als der Vorsitzende bis drei gezählt hatte, ertönte im Salon des *Hotel Astoria* ein wilder Schrei:

»PAM!«

Unmittelbar danach fielen sämtliche Teilnehmer um, als hätten sie tatsächlich alle eine Kugel in den Schädel bekommen. Einen kurzen Augenblick lagen sie unbeweglich auf dem Fußboden, in den unterschiedlichsten Stellungen; das Ganze erinnerte an eine Schweigeminute. Dann stand der Vorsitzende wieder auf, und die anderen folgten seinem Beispiel. Zufrieden verabschiedeten sich die Männer voneinander. Man verabredete sich, plauderte noch ein wenig. Schließlich flatterte einer nach dem anderen davon, und das taten auch Sergej und ich. Er wollte nach Finnland, in die Stadt Lappeenranta, wo er eine Gruppe kannte, die jeden Dienstag eine spiritistische Sitzung abhielt. Und da ich nichts anderes vorhatte, begleitete ich ihn willig.

25

Es war bereits Adventszeit, aber das kümmerte die Spiritismusanhänger in Lappeenranta herzlich wenig. Der Personenkreis, der sich für die überirdischen Dinge interessierte, nämlich Polizeiwachtmeister Lesonen, dessen Frau, Einkaufsleiter Mertola und dessen Freundin, versammelte sich wie gewohnt am Dienstagabend um elf Uhr bei den Lesonens.

Sie verdunkelten die Fenster im Schlafzimmer und trugen einen kleinen runden Couchtisch in den Raum. Frau Lesonen breitete angefeuchtetes Pergamentpapier auf dem Tisch aus, ihr Mann zeichnete mit Filzstift einen großen Kreis darauf, schrieb anschließend die Buchstaben des Alphabets in willkürlicher Reihenfolge auf die kreisförmige Linie. Dann wurde ein gewöhnliches Trinkglas geholt und mit der Öffnung nach unten mitten auf das glatte Pergamentpapier gesetzt, also in den Mittelpunkt des spiritistischen Zauberkreises. Jeder Teilnehmer legte zwei Finger auf den Boden des Glases, und alles war für den Beginn der Sitzung bereit. Lesonen begann beschwörend zu murmeln. Alle warteten, dass sich das Glas in Bewegung setzte, aber natürlich geschah nichts. Sergej erklärte mir, dass sich das Glas über das Papier zu einem der Buchstaben bewegen sollte, der dann der erste der erhofften Botschaft wäre. Überirdische Kräfte sollten es dann von Buchstabe zu Buchstabe wandern lassen, bis ein Wort oder ein kurzer Satz komplett und die Verbindung zum Jenseits hergestellt wäre.

»Im Allgemeinen basieren solche idiotischen Sitzungen darauf, dass unter den Teilnehmern mindestens eine Person ist, die verstohlen das Glas mit den Fingern zu den Buchstaben lenkt, die ihren Interessen oder Wünschen entsprechen. Das Glas lässt sich außerordentlich leicht bewegen, sodass die anderen gutgläubigen Mitspieler die Schummelei nicht bemerken. Auch in diesem Kreis gibt es einen Schwindler, du darfst raten, wer es ist«, sagte Sergej.

Ich verfolgte eine Weile die Gedanken eines jeden Teilnehmers. Polizist Lesonen nahm die Sitzung ernst, er fürchtete sich sogar ein bisschen. Er würde auf keinen Fall das Glas anschieben, er war ein absoluter Verfechter von Gesetz und Ordnung. Auch seine Frau glaubte an die überirdischen Kräfte. Mertolas Freundin fand das Spiel furchtbar spannend und wartete ungeduldig darauf, dass sich das Glas bewegte. Auch sie würde um keinen Preis wagen, dessen Weg zu beeinflussen.

Aber Einkaufsleiter Mertola überlegte bereits, ob nun der passende Moment gekommen sei, dem Glas ein wenig Schwung zu geben. Es stand im Licht einer Kerze mitten im Zauberkreis und wartete auf Befehle von uns Vertretern der Geisterwelt.

»Was wollen wir fragen?«, erkundigte sich Polizist Lesonen mit leicht bebender Stimme.

»Zum Beispiel, ob mich Heikki noch liebt«, schlug Mertolas Freundin vor, und die vorgeschlagene Frage veranlasste sie zu einem nervösen Kichern.

Nach einer Weile setzte sich das Glas zögernd in Bewegung. Spannung breitete sich aus. Lesonen bekam Angst, seiner Frau wurde schwindelig, und das Mädchen, das die Frage gestellt hatte, zitterte geradezu vor Erregung, vor allem, als sich das Glas allmählich dem Buchstaben j näherte. Mertola genoss die Bewegung des Glases unendlich: Er fühlte sich als Götterbote, als Werkzeug höherer Mächte, und dass er betrog, spielte keine Rolle, denn die anderen Mitspieler wussten ja nichts davon.
Das Glas glitt übers Pergamentpapier und hatte bald die Antwort fertig, die »ja« lautete. Glücklich seufzend löste Mertolas Freundin ihre zitternden Finger vom Boden. Mertola war zufrieden mit seinem Trick. In Wahrheit interessierte ihn das Mädchen nicht mehr besonders; sie war nicht schlecht, nein, aber weit mehr reizte ihn die Frau von Polizist Lesonen. Eigentlich nahm er nur ihretwegen an den nächtlichen Sitzungen teil.
Gut eine Stunde lang ließ Mertola das Glas von einem Buchstaben zum anderen wandern. Um Mitternacht war die Stimmung wirklich gespenstisch. Viele belanglose Fragen hatte das Glas schon beantwortet, bis Lesonens Frau auf die Idee kam, zu fragen, ob ihr Mann ihr wohl treu sei.
Mertola ließ das Glas zunächst in aller Ruhe über diese heikle Frage nachdenken. Die Situation drohte schon peinlich zu werden, doch dann machte das Glas plötzlich einen Schwenker zu den Buchstaben n und e und i. Schnell und zielstrebig antwortete die Geisterwelt also mit »nein«.
Unruhe entstand. War Lesonen seiner Frau also untreu?

Der Betroffene errötete und zitterte vor Scham und Wut. Zu dieser Gefühlsaufwallung hatte er auch allen Grund, denn ein treuerer Ehemann als Polizeiwachtmeister Lesonen aus Lappeenranta war auf der Welt schwerlich zu finden. Mertola sagte zu seinem Freund:

»Jetzt musst du dir eine gute Erklärung ausdenken!«

Lesonen schwor seiner Frau hoch und heilig, dass er ihr treu sei. Die Situation war halbwegs gerettet, als Mertola großzügig erklärte, dass die Geister die Frage vielleicht falsch verstanden hatten. Im Stillen freute er sich, wie wenig Mühe es ihn gekostet hatte, Misstrauen zwischen den Eheleuten zu säen. Vielleicht könnte er irgendwann im passenden Moment ernten, was dieser Saat entsprossen war. Dadurch ermutigt, beschloss er, seine Chancen noch zu verbessern. Er fragte das Glas, wer wohl die bescheidenste Person in diesem Kreis sei.

Die Antwort kam ziemlich schnell: »mertola«.

Er tat geniert und fragte als Nächstes, wer von den vier Personen zuerst sterben werde. Alle wurden sofort ernst.

Jetzt griff Sergej ins Spiel ein. Die Spannung hatte auch ihn gepackt, er flüsterte nur noch, und seine Augen glühten. Er drängte sich in Frau Lesonens Gedanken und begann ihr seine Befehle einzuhämmern. Ohne es zu wollen, führte sie, von Sergej beeinflusst, das Glas über den Tisch, sodass Mertola dessen Lauf nicht mehr bestimmen konnte: Das Glas suchte Buchstabe für Buchstabe zusammen, und die klare Antwort lautete »mertola«.

Diese neue Wendung verwirrte alle in der Runde, auch

Mertola selbst. Auch ich war nicht wenig überrascht: War es uns Geistern wirklich möglich, ins Bewusstsein der Lebenden einzugreifen? Ich fragte Sergej danach, und er bestätigte es mir leicht ungeduldig:

»Diese Menschen sind jetzt stark sensibilisiert. Mertola musste lediglich ausgeschaltet werden. Die Antwort, die eben gegeben wurde, zwingt ihn, ein wenig genauer über die Dinge nachzudenken. Jetzt ist das Ganze kein Spaß mehr, das weiß er am besten. Für uns ist es natürlich weiterhin ein Spiel, ein Spaß, und ebenso leicht können wir uns auch in die Träume der Menschen einmischen.«

Für mich war das alles neu. Ich begriff sofort, welche ungeheuren Möglichkeiten sich dadurch eröffneten, dass wir Toten in die Gedanken und damit auch in die Handlungen, ja, in das ganze Leben eines Menschen eingreifen konnten. Mir wurde ganz schwindelig davon. Plötzlich fiel mir ein, wie meine Freundin, das karelische Mütterchen, während des Militärputsches in La Paz den schlafenden Oberst – bildlich – durchgeschüttelt hatte. Ich dachte außerdem daran, wie ich den ganzen Herbst hindurch für den Tod meiner lieben Elsa gebetet hatte – hatte ich ihn so vielleicht mit herbeigeführt? Womöglich würde Elsa noch leben, hätte ich nicht so heftig gewünscht, dass sie stirbt.

Elsa war tot, endgültig. Aber vielleicht konnte ich mit diesen geisterhaften Fähigkeiten auch irgendetwas Gutes in der Welt bewirken? Ich könnte sie entsprechend anwenden – was hinderte mich daran, beispielsweise für den Weltfrieden tätig zu werden?

Ich plante bereits einen Besuch in Washington, wo ich schnurstracks ins Schlafzimmer des Weißen Hauses flattern würde, um dem Präsidenten der USA, sobald er eingeschlafen wäre, den Friedensgedanken einzuhämmern. Hätte ich ihn dann gründlich von der Sache überzeugt, würde ich anschließend die Schlafkammern der Staatschefs der anderen Großmächte abklappern und ihnen zu denselben herrlichen Träumen verhelfen. Das Ergebnis konnte durchaus ein dauerhafter Weltfrieden sein, Pax Finlandie, dachte ich, wobei mir fast das Herz vor Glück zersprang. Da lohnte es doch zu sterben, wenn man anschließend solche Wohltaten verüben konnte!
Unterdessen war Sergej beim Spiel ernsthaft auf den Geschmack gekommen. Er sah aus wie ein Hexenmeister, während er den Teilnehmern der spiritistischen Sitzung seine Antworten gab, die gemein, grausam und außerdem völlig aus der Luft gegriffen waren. Er ließ alle wissen, dass Mertola sexuell abnorm veranlagt war, dass Polizist Lesonen ein Feigling und außerdem gewalttätig war, die beiden Frauen titulierte er als dumme Hühner und zu allem Überfluss als Huren. Er kündigte an, dass Lesonens Haus im nächsten Monat abbrennen und dass Mertola noch vorher am Steuer seines Wagens umkommen würde, dann warnte er beide Frauen, sich vor Gebärmutterkrebs in Acht zu nehmen, an dem eine von ihnen über kurz oder lang aber doch sterben würde.
Diese schlimme Verhöhnung lebender Menschen konnte ich nicht gutheißen. Sergej genoss sein infames und selbst-

süchtiges Spiel mit der Angst der Menschen. Ich wollte, dass er aufhörte, und ich musste den Geisterleutnant regelrecht anschreien, um ihn aus seiner Zerstörungswut zu wecken. Müde fragte er mich, warum ich mich einmischte. Jetzt sei die Sitzung unterbrochen, und erneut eine solch dichte Stimmung herzustellen könne Stunden dauern.

»Du bist verantwortungslos«, schimpfte ich. »Außerdem hast du deine Antworten frei erfunden, sie haben überhaupt nichts mit der Wirklichkeit zu tun. Warum quälst du diese Menschen eigentlich?«

Er sah mich verwundert an.

»Was haben diese blöden Leute in ihrem Leben an Gutem bewirkt, sag es mir! Ist es nicht recht und billig, dass ich sie ein wenig in die Enge treibe?«

»Du bist ein Sadist, Sergej.«

»Bist du etwa ein besserer Geist als ich?«, fragte er wütend.

Erregt erzählte ich ihm von meinem Plan, den Lauf der Welt mithilfe von Träumen zu bestimmen. Darauf sagte er nur kalt lächelnd:

»Du bist ein naiver Weltverbesserer. Die Träume der führenden Politiker sind schon an sich ziemlich wirr. Außerdem bringen Tausende von Toten sie noch zusätzlich durcheinander, und zwar mit der Methode, die du jetzt planst. Am Bett eines jeden Staatschefs wachen Horden von Weltverbesserern deines Schlages ganze Nächte durch und versuchen den Schlafenden ihre Lehren einzuimpfen. Daraus wird nicht mal der Teufel schlau, geschweige denn

ein lebender Mensch, egal, ob er nun Präsident oder Premierminister, Prinz oder Parteichef ist. Außerdem neigen Politiker dazu, nicht nur ihre Versprechen, sondern auch ihre Träume zu vergessen. Fändest du einen Politiker, der in der Öffentlichkeit seine Träume erzählt, vertrauenerweckend?
So also war die Sachlage ... Widerwillig musste ich eingestehen, dass Sergej Recht hatte.
Dennoch brannte ich darauf, meine Kräfte zu erproben. Ich war keineswegs so zynisch wie dieser gelangweilte und frustrierte Leutnant, der sich selbst erschossen hatte. Ich fühlte mich jung und vital. Wenn ich schon den Weltfrieden nicht sichern konnte, musste es mir wenigstens möglich sein, in kleinerem Rahmen tätig zu werden. Das war ich der Welt und der Menschheit einfach schuldig!
Ich sagte zu Sergej, dass ich keine Lust mehr hatte, zuzusehen, wie er diese langweiligen Leute aus Lappeenranta quälte. Er hob seine prächtigen Epauletten, und ich verließ das Zimmer der Geisterbeschwörer mit dem Ziel, ein besseres Leben nach dem Tod zu führen.

26

In der Woche vor Weihnachten begab ich mich in den Norden unseres Landes, um den armen Leuten schöne Träume zu bringen.
Schwärzeste Polarnacht beherrschte die Region, und auch

tagsüber war es so finster, dass selbst mir, einem Mann der Geisterwelt, das Reisen durch die kleinen, kalten Dörfer schwer fiel.

Da Weihnachten nahte, wollte ich den Präsidenten der USA in Ruhe lassen und lieber versuchen, den Bedürftigen in meinem Heimatland zu helfen.

Bei meiner Wanderung durch die halb leeren Dörfer des Nordens fand ich zahlreiche Menschen, die Not litten. Zeichen des Wohlstands waren hier kaum zu entdecken. In vielen Häusern gab es keine Wasserleitung und keine Zentralheizung. Besonders die alten Leute lebten in dürftigsten Verhältnissen; eingemummt in dicke Wollsachen, bibberten sie bei den strengen Frösten in ihren zugigen Stuben. An diesen Orten hausten Trostlosigkeit und Apathie, und eben deshalb wollte ich sie besuchen.

In einer Hütte wohnte ein kleines altes Mütterchen mit ihrem zottigen Hund. Die Frau war mindestens achtzig Jahre alt. Sie versuchte ihre Stube zu putzen, so gut es ging, holte auch selbst das Feuerholz aus dem Schuppen. Einmal in der Woche sah die Gemeindeschwester nach ihr, ansonsten war sie allein. Leise seufzend wirtschaftete sie herum, bereitete für sich und ihren Hund einfache Mahlzeiten und schaute manchmal lange und gedankenverloren hinaus in den grauen Wintertag. Gelegentlich weinte sie auch ein bisschen, und als ich nach dem Grund ihres Kummers forschte, wunderte ich mich nicht, denn sie weinte über ihre erwachsenen Kinder, die weit weg waren, wegen ihrer kleinen Rente und wegen ihrer zahlreichen

Krankheiten, an denen sie bis zu ihrem Tod würde leiden müssen. Abends versuchte sie manchmal in der Bibel zu lesen, doch auch das wollte nicht klappen, denn ihre Augen waren durch die Zuckerkrankheit recht schwach geworden. Einige Kirchenlieder kannte sie jedoch auswendig, und ihr leiser Gesang klang wirklich schön, sogar in meinen Ohren, der ich ein Toter war und mit Religion nichts am Hut hatte.
Meine Arbeit begann erst in der Nacht, nachdem sich die Alte ins Bett gelegt hatte und nach langem Warten endlich eingeschlafen war. Ich verfolgte ihre flüchtigen Träume und bereitete mich darauf vor, einzugreifen. Ich amüsierte mich ein wenig über mich selbst, denn ich fühlte mich wie ein wandernder Filmvorführer, der in die abgelegenen Dörfer ein wenig Freude und Abwechslung bringt.
Die Alte war tiefreligiös und sehr gutherzig. Ich musste mir genau überlegen, welche Träume ich ihr zumuten konnte, damit sie sie nur ja nicht als Albträume empfand. Ich ging vorsichtig zu Werke und bescherte ihr Träume, in denen sie jünger war und in denen Frühling oder Sommer herrschte, ich gab ihr einen gesunden Körper und malte ihre vertraute Landschaft in den schönsten Farben. Ich ließ sie über den See rudern und auf einer Landzunge sitzen, während die Vögel zwitscherten und das Harz duftete, und als ich sie über einen Waldweg führte, zeigte ich ihr, wo sie Beeren und Pilze sammeln konnte. Dabei merkte ich, dass sie nicht viele essbare Pilze kannte, nur Reizker und Maronenpilze. Ich wollte, dass sie Steinpilze

sammelte, aber die ließ sie links liegen, sodass ich umso mehr Reizker auf dem weichen Waldboden wachsen lassen musste.

Ich bereitete ihr wunderbare nächtliche Mahlzeiten: saftiges Elchfleisch, Preiselbeergelee, gebeizten Lachs auf dunklem Fladenbrot, dazu dick Butter … Ich buk Eierkuchen und belegte sie mit einer dicken Schicht gezuckerter Moltebeeren, und ich kochte duftenden Kaffee, den das Mütterchen im Traum von der Untertasse schlürfte, ein Stück Zucker unter der Zunge und die Augen andächtig geschlossen.

Jede Nacht bescherte ich ihr neue Träume, ich strengte meine Phantasie an, um immer weitere Herrlichkeiten zu erfinden, die das Mütterchen dann auch in vollen Zügen genoss. Wenn ein Traum zu Ende war, konnte ich stets befriedigt sehen, dass sie fest schlief, ganz ruhig und entspannt. Tagsüber war sie nach der gut durchschlafenen Nacht viel munterer, und obwohl es in der Stube kalt war, summte sie fröhlich vor sich hin. Sogar der Hund bemerkte, dass sich die Stimmung seines Frauchens gebessert hatte, er wedelte von Zeit zu Zeit mit dem Schwanz und winselte zufrieden, wenn er sein einfaches Fressen entgegennahm.

Während ihres Mittagsschläfchens ließ ich sie ihren früh verstorbenen Mann treffen, den Menschen, den sie in ihrer Jugend so geliebt hatte. Ich führte beide in den Wald oder in die vertraute Scheune, wo er sie im Scherz mit Stroh bewarf und anschließend innig umarmte. Selig lächelnd

erwachte sie aus diesen Träumen und wirtschaftete herum wie eine junge Braut, die ihren Liebsten erwartet.
Auch den anderen Bewohnern des weitläufigen Dorfes brachte ich schöne Träume, schließlich war die nördliche Nacht lang genug. Ich zog von Haus zu Haus; in den besten Zeiten schaffte ich innerhalb einer Nacht mehr als zehn solcher Besuche. Natürlich war es anstrengend. Die Menschen sind von ihren Erfahrungen und ihrem Charakter her so verschieden, dass man nicht allen die gleichen Träume vorsetzen kann, sondern sich beinah für jeden einen anderen ausdenken muss. Sorgfalt ist oberstes Gebot, denn ein Traum, den der eine aus ganzem Herzen genießt, kann für den anderen unangenehm und für den dritten sogar ein Albtraum sein. Auch müssen Männer und Frauen unterschiedlich behandelt werden: Männer mögen melancholische Träume, Frauen mehr die aktionsreichen. Man sollte denken, dass es umgekehrt wäre, aber aus Erfahrung weiß ich, dass dem nicht so ist.
Natürlich hatten die Bewohner dieses entlegenen Einöddorfes auch eigene Träume, doch waren diese oft wirr, der rote Faden war nicht immer zu erkennen, ja, manchmal waren sie gänzlich ohne Sinn und Verstand und wurden zu Albträumen, wie mir auffiel. So träumten zum Beispiel viele vom Krieg, obwohl seitdem schon mehr als vierzig Jahre vergangen waren, besonders die Männer, die jahrelang an der Front in Todesangst gelebt hatten. In diesen Fällen musste ich in den Traum eingreifen, musste die Kriegsführung in die Hand nehmen und entweder

die Kampfhandlungen einstellen oder den Feind blutig geschlagen abziehen lassen. Einmal konnte ich die Situation dadurch retten, dass ich einen gefährlich näher kommenden Panzer in Flammen aufgehen ließ. Es gelang mir gerade noch im letzten Moment, und der abschließende Höhepunkt war dann, dass der betreffende Träumer zum Stabsunteroffizier befördert wurde. Wie eifrig er daraufhin gleich am nächsten Tag auf seinem Hof herumwirtschaftete! Gleich für mehrere Tage hatte ich seine Angst vor einem dritten Weltkrieg gebannt.

Dann hatte mein kleines, frommes Mütterchen eines Nachts einen scheußlichen Albtraum, durch den ich von ihrem schlimmsten Problem erfuhr. Ich hatte ihr zu Beginn der Nacht eine muntere Träumerei beschert, in der sie jugendlich beschwingt auf den Tanzboden gegangen war und bis zur Erschöpfung getanzt hatte – regelrecht ausgelassen war sie gewesen.

Doch unmittelbar danach hatte sie eben diesen Albtraum, in dem sie für die Sündhaftigkeit ihres Tanzes getadelt wurde, und bei dieser Gelegenheit erfuhr ich, dass sie aus der örtlichen altlaestadianischen Gemeinde ausgeschlossen worden war, weil sie im Herbst bei einem Besuch in Rovaniemi gesündigt hatte. Sie hatte nämlich in der Halle des Zentralkrankenhauses ferngesehen, so wie viele andere wartende Patienten auch, und in ihrer Unbedachtheit hatte sie das bald nach ihrer Heimkehr im Dorf erzählt. Sie hatte auch noch hinzugefügt, dass es Farbfernsehen gewesen war.

Diese Nachricht war bald der Leitung der laestadianischen Gemeinde zu Ohren gekommen, und das Mütterchen war zu einer Aussprache zitiert worden, in der sie sämtliche Sünden hatte bekennen müssen. Man hatte ihr gesagt, dass Gott ihr nicht mehr gnädig wäre, dass ihre Sünden nicht vergeben wurden, was sie somit zur Verdammnis verurteilte. Zwei Abende und Nächte lang hatte man sie verhört und immer mehr rabenschwarze Sünden auf ihre schmalen Schultern geladen. Sie hatte gefleht, geweint und gebettelt, dass man sie nicht aus der Gemeinde ausschließen, sondern ihr erlauben möge, weiterhin die Zusammenkünfte zu besuchen, aber es hatte nichts genützt. Mit dem Ausschluss hatte man sie aufgefordert, künftig den Teufel um Schutz zu bitten, denn mit Gottes Beistand bräuchte sie nicht mehr zu rechnen. Außerdem hatte man ihr vorausgesagt, dass ihre ungeborenen Kinder an ihrem Sterbebett ihr Leben einfordern würden, da sie in ihrer Seelenqual bekannt hatte, im Olympiasommer 1952, in dem Jahr, als ihr jüngstes Kind an Typhus gestorben war, abgetrieben zu haben.
Der Traum war lang und beklemmend, sodass die Alte daraus müde und zitternd erwachte. Erschüttert sah ich sie an. Sollte es irgendein Mittel geben, durch das sie ihren Glauben zurückgewinnen und im Gottvertrauen weiterleben konnte, würde ich es finden, beschloss ich. Eine Weile erwog ich, Propst Hinnermäki aufzusuchen und mit ihm über das Problem zu sprechen, dann aber fiel mir ein, dass er bereits einen zu großen Abstand zu diesen Dingen hatte und mir vermutlich keine große Hilfe wäre.

Nach Abschluss eines unruhigen Tages fiel das Mütterchen abends in einen ebenso unruhigen Schlaf. Ich passte auf und ließ keine neuen Verdammnisträume zu ihr, führte sie aber auch nicht zum Tanz, damit sie keine neuen Gewissensbisse bekam. Stattdessen geleitete ich sie zur Kirche, wo feierlich gesungen wurde und ein schöner, junger laestadianischer Pastor predigte, der allen Gemeindemitgliedern ihre Sünden bereitwillig vergab. Das Mütterchen schlief danach gut und stand am Morgen munter auf. Doch dann erinnerte sie sich an den Traum und dachte deprimiert darüber nach, dass sie nie wieder mit den anderen Gläubigen in die eigene Kirche gehen und auf der richtigen Seite, also bei den Laestadianern, sitzen durfte. Sie streichelte den Kopf ihres Hundes und sagte:
»Ach, mein Rekku, du hast es gut. Dich würden die anderen Hunde nicht aus der Gemeinschaft ausschließen, nein, das passiert dir nicht.«

27

Der Vorsitzende der laestadianischen Gemeinde und einflussreichste Mann des Dorfes war der Bauer Hemminki Läntsä, dessen schmuckes Haus mitten im Zentrum in der Nähe des Ladens und der Schule stand, etwa fünf Kilometer von der Hütte meines Mütterchens entfernt. Als es Abend wurde, begab ich mich wütend in sein Haus und wartete, dass er einschlief. Ich hatte wichtige Pläne. Den

Kerl knöpfe ich mir jetzt vor, dachte ich, es wird einen Kampf um Leben und Tod geben.
Nach den Abendnachrichten im Radio legte sich Bauer Hemminki Läntsä, ein kräftiger und gesunder Mann in den Fünfzigern, ächzend zu seiner Frau ins Bett. Die beiden sprachen ein frommes Abendgebet und löschten das Licht, dann drang Hemminki, so sanft es irgend ging, in seine Frau ein und fiel, auf ihr liegend, in tiefen Schlaf.
Ich klinkte mich schnell in seine Gedanken ein und staunte nicht schlecht, denn dieser Mann träumte einfach überhaupt nichts, er schlief einfach nur wie ein Zug, der mit abgedunkelten Lichtern durch eine eintönige Steppe fährt. Ich stellte mich an die Gleise, sprang auf diesen schnarchenden, dunklen Zug auf und zwang Läntsä, das Tempo zu drosseln und die Landschaft zu betrachten. Er wälzte sich gereizt herum – normalerweise störte niemand sein Schnarchen.
Es war ein hartes Stück, diesen Kerl dazu zu bringen, das zu träumen, was ich wollte. Sein eigensinniger Verstand ging einfach nicht auf meine Vorschläge ein. Hartnäckig verdunkelte er sein schlafendes Gehirn, immer und immer wieder, und ich gewann bereits den Eindruck, dass dieser Mann überhaupt kein Seelenleben besaß. Erst als ich auf die Idee kam, ihm mit Posaunenstimme ins Ohr zu brüllen, dass er vor dem Jüngsten Gericht stehe, brach sein Widerstand zusammen, und erschrocken sah er sich an, was ich ihm zu bieten hatte.
Ich bescherte ihm einen furchtbaren Albtraum, den er sich

widerwillig und ängstlich ansah. Mit aller Kraft versuchte er, sich davon zu befreien. Fast wäre er erwacht, so sehr versuchte er sich gegen mich zu behaupten. Ich stieß ihn von einem hohen Berg in eine Schlucht, wobei ich erst im letzten Moment unten am Boden ein paar Kubikmeter weichen Schnees auftauchen ließ; als er dort hineingefallen war, dankte er lautstark Gott für seine Rettung.

Ich aber sagte ihm, dass es hier keineswegs um Gottes Gnade gehe, sondern dass er sich nun anhören müsse, was ich ihm zu sagen habe. Dann erzählte ich von meinem Mütterchen, das auf seinen Befehl hin aus der Gemeinde ausgeschlossen worden war, und ich verlangte, dass er sie gleich am nächsten Morgen wieder in den Kreis der Gläubigen aufnehme. Ich sagte, dass ich auf Seiten der alten Frau stehe, und sollte er sich meinem Willen widersetzen, werde es ihm schlecht ergehen.

Auf der Stirn des Schlafenden perlte Schweiß, und schwer atmend verteidigte er seine Maßnahme. Er behauptete, er könne solch weltliches Treiben nicht dulden, zumindest keine frivolen Handlungen, wie sie die Alte ihm und den anderen Mitgliedern des Vorstands gebeichtet habe, und er fügte noch hinzu, dass Weiber wie sie verdient hatten, im Höllenfeuer zu schmoren, wenn ihre Zeit gekommen sei. Ich wollte ihn dazu überreden, Gnade walten zu lassen und zu vergeben, doch der Schlafende wischte diese Gedanken einfach weg. Als ich dann sagte, dass ich aus dem Jenseits, also aus dem Himmel, komme, tat er auch das ab mit der Behauptung, ich sei ein Handlanger des Teufels und habe

Jesus verraten. Ich konnte noch so sehr auf die Rechtmäßigkeit meiner Sache pochen, der eigensinnige Bauer blieb bei seiner Meinung. Er berief sich immer wieder auf die Bibel und alles, was heilig war, und beschimpfte mich mit hoher Stimme, bis seine Frau schließlich erwachte und ihn weckte.

»Was ist los, Hemminki, warum johlst du mitten in der Nacht so laut?«, fragte sie besorgt, und er rieb sich die Augen und wischte sich den Schweiß von der Stirn.

»Der Teufel selbst jagt mich im Traum. Er hat mich von einem Berg in eine tiefe Schlucht gestoßen, fast hätte ich mir die Gräten gebrochen. Eine ganz üble Geschichte, dabei träume ich sonst nie.«

»Du hast am Abend so viel Elchgeschnetzeltes gegessen, vielleicht kommt es davon.«

»Kann sein. Gott zum Gruß, lass uns weiterschlafen.«

»Ich wecke dich sofort, falls du wieder anfängst zu schreien. Der Antichrist ist wirklich böse, wenn er einen frommen Menschen nicht mal in Ruhe schlafen lässt.«

Von einer derartigen Verstocktheit war ich völlig gelähmt. Ich hatte mich so sehr gefreut, die Menschen zum Träumen bringen zu können, aber so ohne weiteres ließen sie sich nicht beeinflussen. Ich sagte mir, dass ich, wenn ich noch lebte und als Journalist arbeitete, weit effektivere Mittel hätte, auf Typen wie Läntsä einzuwirken. Ich könnte in meiner Zeitung Artikel schreiben, die das Verständnis zwischen den Menschen förderten, und dadurch würde ich vielleicht auch religiösen Fanatismus stoppen.

Allerdings war ich in meinem Leben ein recht oberflächlicher Mensch, eigentlich ein Taugenichts, gewesen, dessen Dahinscheiden die Welt weder besser noch schlechter gemacht hatte. Wie unnütz war doch meine Arbeit gewesen, wie überflüssig und gedankenlos! Es war mir ganz recht geschehen, dass ich im Herbst unter das Auto geraten war.

Wenn ich jetzt mein Leben noch einmal zurückbekäme, würde ich mich nicht damit begnügen, irgendwelche belanglosen Texte herunterzutippen, sondern mir Mühe geben und vernünftige Artikel schreiben, und ich würde meinen Teil dazu beitragen, dass es den Menschen besser ging.

Doch ich war ein toter Mann, nun war es zu spät für mich, menschenfreundlichen Journalismus zu betreiben.

Immerhin hatte ich noch die Möglichkeit, die Menschen vor Albträumen zu bewahren und ihnen stattdessen angenehme Träume zu bescheren. Ich konnte ihnen Mut machen, wenn auch nur nachts, sodass es ihnen nicht unmittelbar bei der Bewältigung ihrer irdischen Probleme half. Es war mir nicht möglich, den Preis der Butter zu beeinflussen, ich konnte nicht die Geschäftspraktiken der Waffenhändler öffentlich kritisieren, konnte die Menschen nicht dazu bringen, ihre Forderungen an die Regierung deutlicher vorzubringen.

Obwohl ich nach meinem Tod sehr viel menschenfreundlicher geworden war, war ich dennoch kein so guter Geist, dass ich darauf verzichtet hätte, den widerspenstigen Bauern Hemminki Läntsä, den ich für seine grausame Intoleranz hasste, mit allen mir zur Verfügung stehenden Mitteln zu quälen. Viele Nächte lang zwang ich ihm schreckliche Träume auf: ich ließ ihn in bodenlosen Sümpfen versinken, sorgte dafür, dass er sich hungrig in der Tundra verirrte, sperrte ihn für endlose Zeit in ein Futtersilo ein, ließ seinen Traktor von Dieben stehlen, seine Kühe an Euterentzündung erkranken und seine Frau zur Hure werden. Wenn ich ihn schon nicht umstimmen konnte, wollte ich ihn wenigstens in seiner Ruhe erschüttern, was schließlich dazu führte, dass er auf den Zusammenkünften der Laestadianer nicht mehr so heftig gegen das kleine Mütterchen wetterte, wie er es vorher getan hatte. Reue war von ihm wohl nicht zu erwarten, sodass ich diese verstockte Seele schließlich in Ruhe ließ.

Ich beschloss, für eine Weile nach Helsinki zurückzukehren, denn die ständige Nachtarbeit hatte mich erschöpft. Man sollte nicht glauben, dass das bei einem Toten möglich ist, aber auch geistige Arbeit zehrt an den Kräften. Außerdem erforderte diese Tätigkeit Konzentration. Die menschliche Psyche zu beeinflussen bedingt Sorgfalt und Verantwortungsgefühl, und in übermüdetem Zustand begeht man leicht Fehler. Beschert man einem empfindsamen, sorgenbeladenen Menschen einen schlecht vorbereiteten Traum, kann das für lange Zeit dessen Seelenfrieden erschüttern.

Ich hatte also Grund, mir ein wenig Erholung zu gönnen.

Außerdem wollte ich wissen, ob Propst Hinnermäki etwas von Elsa gehört hatte. Ich sehnte mich wirklich sehr nach ihr.

28

Hinnermäki stand verdrießlich auf dem Friedhof von Malmi. Als ich mich erkundigte, was ihn bedrückte, sagte er niedergeschlagen:

»Das war ein schlechter Herbst … so gut wie keine Todesfälle … Möglicherweise kommt es daher, dass den Menschen beim geringsten Anlass Penicillin verabreicht wird; sie erkälten sich nicht mehr so leicht wie früher. Die übliche Grippeepidemie ist in diesem Herbst ausgeblieben, sodass hier in Malmi nur wenige Begräbnisse stattfanden. Ich habe schon erwogen, nach Honkanummi zu gehen, vielleicht ist dort mehr Betrieb, angeblich ist es der Friedhof der armen Leute.«

Aber er hatte auch eine erfreuliche Nachricht:

»Der Papst ist wieder in der Stadt, er hat gestern nach dir gefragt. Ich konnte ihm nicht sagen, wo er dich finden kann, und so bat ich ihn, auf dich zu warten.«

Papst Pius IX. war also in Helsinki. Ich beschloss, ihn sofort zu treffen. Hinnermäki wollte gern mitkommen, er fand die Aussicht großartig, sich mit dem Papst unterhalten zu können. Mir war es recht, ein Propst würde bei dem Treffen gewiss nicht stören. Allerdings untersagte ich ihm, sich in unser Gespräch einzumischen. Ich hatte dem Papst nämlich einiges zu sagen, da mich der Fall Hemminki Läntsä immer noch sehr beschäftigte. Propst Hinnermäki versprach, sich im Hintergrund zu halten.

Der Papst saß auf dem Senatsplatz, auf dem Sockel des Denkmals von Alexander II., und beobachtete die Helsinkier, die vorbeikamen. Er wirkte munter und keineswegs ungnädig, obwohl ein strammer Wind blies und es dazu heftig schneite. Als er mich sah, erhob er sich würdevoll, um mich zu begrüßen.

»Sieh da, mein Sohn, du erinnerst dich also noch an deinen alten Bekannten aus dem heißen Süden! Ich habe diese Stadt mehrmals besucht, um dich zu treffen, aber jedes Mal sagte der Propst, du seiest ›unterwegs‹.«

Wir setzten uns auf die Domtreppe, der Papst und ich nebeneinander, Propst Hinnermäki ein paar Stufen weiter unten. Erst plauderten wir ein wenig, tauschten uns über unser Befinden aus, und dann kam ich zur Sache.

Ich erzählte meine Erlebnisse aus dem Norden: dass ich gelernt hatte, den Menschen Träume zu bringen, und dass ich ein nettes altes Mütterchen kennen gelernt hatte, das vorläufig noch lebte und dessen Situation mir zu Herzen ging. Ich berichtete dem Papst, dass diese liebe alte Frau roh aus ihrer religiösen Gemeinschaft ausgestoßen worden war und dass sie darunter sehr litt.

»Sind die Bewohner Lapplands katholisch?«, fragte der Papst interessiert.

»Nein, sind sie nicht«, musste ich zugeben. »Und sie sind

eigentlich auch nicht im rein lutherischen Sinne gläubig, sondern sie gehören einer selbstständigen religiösen Sekte an, die unter dem Mantel der Kirche tätig ist. Man nennt sie Altlaestadianer, nach einem Prediger namens Lars Levi Laestadius, der im vergangenen Jahrhundert in Lappland gewirkt hat.«

Der Papst stutzte: Was gingen ihn die Angelegenheiten der Lutheraner, geschweige denn die von irgendwelchen Sektenmitgliedern an? Er war schließlich, als zweiter Mann gleich nach Jesus, geistiger Führer einer ganz anderen Kirche, nämlich der römisch-katholischen gewesen.

Ich wies darauf hin, dass alle Christen an denselben Gott glaubten. Erregt beklagte ich, dass der Papst und auch alle anderen Geistlichen verweltlicht, dass sie machtgierig und ungerecht seien und sich um ihre menschliche Verantwortung drückten, sogar noch nach dem Tod.

Propst Hinnermäki fühlte sich als Zeuge meiner Attacke gegen den Papst offenbar äußerst unwohl, denn er räusperte sich vielsagend, aber ich kümmerte mich nicht darum, sondern fuhr fort:

»Es kotzt mich an, wie ihr Gläubigen die Menschen bereits auf Erden danach einteilt, ob sie ins Paradies oder in die Hölle kommen. Auch du hast in deiner Zeit als Papst Millionen von Menschen als Sünder verurteilt und in den Schlund der Verdammnis geschickt, ohne dich weiter um ihr Schicksal zu kümmern. Genau das Gleiche macht jetzt ein dummer Bauer in einem entlegenen lappischen Dorf. Und all das tut ihr Kerle, obwohl ihr nicht mal einen handfesten Beweis dafür habt, dass Himmel oder Hölle überhaupt existieren!«

Propst Hinnermäki stöhnte beschämt zu unseren Füßen. Er bedeutete mir mit der Hand, zu schweigen, doch nun, da ich einmal in Fahrt gekommen war, fuhr ich kühn fort:

»Die Religion ist für euch ein Mittel der Machtausübung, mit dem ihr euch die Schwächeren unterwerft. Wenn ihr einen Menschen zum Glauben bekehrt habt, haltet ihr ihn als euren geistigen Sklaven, und wehe, er wagt es, sich aufzulehnen, dann droht ihr damit, ihn zu verstoßen. Die Zweifler verdammt ihr kurzerhand, obwohl ihr genau wisst, dass es für diese Maßnahme keine moralische Grundlage gibt. So läuft das alles seit eh und je.«

Der Papst geriet in Zorn. Er stand auf und erklärte mit lauter Stimme:

»Das muss ich mir von dir, mein sündiger Sohn, nicht sagen lassen! Dies sind theologische Fragen, und von denen scheinst du nicht das Geringste zu verstehen. Begreifst du denn nicht, dass ein Mensch, sogar ein Papst, tatsächlich kraft seines Glaubens davon überzeugt sein kann, dass Gott existiert, dass es den Himmel und die Hölle und das alles wirklich gibt? Darauf bauen wir unser Leben, sowohl ich als auch dein Bauer dort oben, wie heißt er noch gleich?«

»Hemminki Läntsä«, sagte ich. Der Papst fuhr fort:

»Nun, also dieser Herr Läntsä glaubt ebenfalls fest an das, was er verkündet. Wenn er eines Tages stirbt, ändert sich die Sachlage natürlich für ihn – kehrt sich ins Gegenteil um –, er muss feststellen, dass er sich geirrt hat, aber das spielt in dem Moment keine große Rolle mehr, er ist tot, und die am Leben Gebliebenen setzen seine Glaubenstradition fort. Was wiederum mich betrifft, so war ich in jüngeren Jahren wirklich gläubig, das kannst du nicht leugnen. Doch auch einem Papst muss man zugestehen, eine Entwicklung durchzumachen, sodass er womöglich nicht bis an sein Lebensende an die Bibel glaubt. Tatsache ist auf jeden Fall, dass eine kirchliche Autorität, gläubig oder nicht, Macht ausübt, und es sind die persönlichen Eigenschaften, die entscheiden, wie viel Gutes sie im Leben bewirkt oder was auch immer. Mir scheint, dass dich vor allem die Inhumanität der Religion ärgert, die Tatsache also, dass sie an den menschlichen Bedürfnissen vorbeigeht.«

»Reden kannst du nun mal, Papst bleibt Papst«, sagte ich säuerlich zu ihm.

Er setzte sich wieder neben mich. Wir betrachteten schweigend den winterlichen Senatsplatz, bis Pius IX. meinte:

»Dies ist einer der schönsten Plätze in Europa, vor allem von dieser Treppe aus gesehen. Er ist schöner als der Petersplatz in Rom.«

»Wie erfreulich, dass Ihnen Helsinki gefällt«, mischte sich Propst Hinnermäki rasch ins Gespräch. Er schämte sich eindeutig für mich. Offensichtlich hatte er kein Verständnis dafür, dass ich in meiner Herzensnot mit dem Papst über diese Dinge gesprochen hatte.

Plötzlich fing der Papst an zu lachen:
»Eigentlich hast du ja auf deine Art Recht. Als ich mich seinerzeit im Vatikan für die Unfehlbarkeit des Papstes stark machte, also dafür, dass der Papst ganz offiziell als das Sprachrohr Gottes anerkannt würde, war es mit meinem Glauben schon nicht mehr so weit her. Aus purem Schabernack versuchte ich das Dogma durchzusetzen, und es klappte! Nicht viele hätten das Zeug dazu gehabt. Ich würde sagen, es war ein Streich, wie ihn keiner meiner Nachfolger mehr fertig gebracht hat, von meinen Vorgängern ganz zu schweigen. Europa hatte ziemlich zu schlucken, ich kann mich noch gut daran erinnern.«
Er hatte mir bereits davon erzählt, nur hatte mich das Thema damals noch nicht so beschäftigt wie jetzt. Auf Propst Hinnermäki machte sein Bekenntnis jedoch tiefen Eindruck. Erschüttert fragte er den Papst:
»Sie meinen doch wohl nicht, Eminenz, dass Sie sich in einem Moment zum Vertreter Gottes auf Erden erklärten, als Sie selbst gar nicht mehr an die ganze Sache glaubten? Wie kann so etwas möglich sein?«
Der Papst erklärte ganz ruhig:
»Die Sache ist die: Hätte ich an all das geglaubt, was ich verkündete, hätte ich dann wohl ein solches Ding losgetreten? Ich war, als ich noch lebte, schließlich ein vorsichtiger Mensch und hätte mich niemals erkühnt, mich zum irdischen Vertreter eines allmächtigen Gottes auszurufen, an dessen Existenz ich wirklich glaubte. Als ich jedoch zu dem Ergebnis gekommen war, dass es wohl doch keinen

Himmel und auch keinen Gott im Sinne der Religion gibt, fiel mir die Entscheidung leicht: Ich riskierte überhaupt nichts, ich musste nur meine persönlichen Zweifel für mich behalten. Wäre es etwa besser gewesen, ich hätte vom Vatikan aus Gottlosigkeiten in die Welt posaunt? Hätte ich mich vielleicht öffentlich zum Atheisten erklären sollen? Das hätte den Zusammenbruch der päpstlichen Macht bedeutet und die politischen Verhältnisse in ganz Europa erschüttert. Und das wollte ich auf keinen Fall. Ich dachte mir, ich verwalte die Angelegenheiten der römisch-katholischen Kirche auf meine Art, und wenn ich dann sterbe, schaue ich, wie es mir ergeht. Wie ihr seht, ist es mir durchaus nicht übel ergangen. Ich bin auch unter hiesigen Bedingungen noch eine angesehene Persönlichkeit, und darüber bin ich natürlich nicht böse. Ich fühle mich wohl. Der Mensch muss es verstehen, für sich selbst alles zum Besten zu regeln, ob er nun lebendig ist oder tot.«

Der Papst saß lange schweigend da. Hinnermäki war völlig verwirrt. Er grübelte heftig über die päpstlichen Worte nach. Was mich anging, war ich durch dieses Gespräch nicht gerade frommer geworden.

Ich musste jedoch zugeben, dass der Papst auf seine Art Recht hatte. Zumindest war er ehrlich und nicht durch und durch schlecht. Er sah mir in die Augen und sagte:

»Solche Gespräche habe ich schon tausende Male geführt, und es war garantiert nicht das letzte. Du kannst sicher sein, dass ich mich lieber über andere Dinge mit dir unterhalten würde. Möchtest du mir nicht, da ich schon mal hier bin, gemeinsam mit dem Propst deine Heimatstadt zeigen? Leider spreche ich kein Finnisch und brauche daher einen Fremdenführer. Ich habe gehört, dass ihr Finnen eine Reinigungsanstalt habt, die Sauna genannt wird und in der man scharenweise nackte Frauen treffen kann. Könnten wir nicht mal einen Blick riskieren? Man sagt, dass eure Frauen sehr schön sind.«

Ich sagte, dass es jetzt im Winter schwer sein dürfte, in Scharen saunierende Frauen zu finden. Hinnermäki erklärte jedoch sofort, das sei sicher kein Problem. Was die Schönheit der finnischen Frauen betraf, hielt ich der Wahrheit halber eine nähere Erläuterung für angebracht: »Wer Blondinen schön findet, dem gefallen vielleicht die finnischen Frauen. Aber ich warne vor zu großen Erwartungen. Die Finninnen haben, im Verhältnis zum Rücken, auffallend kurze Beine, und zu allem Überfluss haben viele noch knotige Knie.«

»Das macht nichts, Hauptsache, sie sind blond«, sagte der Papst friedfertig.

29

Propst Hinnermäki flüsterte mir nervös zu: »Wenn ich gewusst hätte, dass der Papst Helsinki kennen lernen will, hätte ich für ihn ein repräsentatives Besuchsprogramm organisiert ... Jetzt müssen wir notgedrungen improvisieren. Zum Glück kann ich Latein, sodass Eminenz nicht die ganze Zeit Englisch sprechen muss.«

Hinnermäki begann dem Papst das Viertel am Senatsplatz zu erklären. Er erzählte von der viereckigen Anlage der Altstadt und von deren genialem Architekten Engel. Dann zeigte er auf das Sederholm'sche Haus an der Ecke:

»Das dort ist das älteste Steinhaus in Helsinki. Man plant, den finnischen Schriftstellern darin Räume zur Verfügung zu stellen; wir haben ja immer noch kein Literaturhaus in der Stadt.«

»Ich finde es ausgezeichnet, dass sich eure Stadtverwaltung der Bedeutung eines solchen Hauses bewusst ist. Die nationale Kultur braucht Taten, nicht Worte. Auch im Vatikan sammeln sich Kunstschätze aus der ganzen Welt; die Bedeutung der Kirche als Ort für Kunst wächst im gleichen Maße, in dem die päpstliche Macht bröckelt.«

Wir gingen die Aleksanterinkatu hinunter zur Skulptur der drei Schmiede. Hinnermäki gestattete sich, eine kleine Anekdote darüber zu erzählen:

»Diese drei Schmiede beginnen den Sockel mit ihren Hämmern zu bearbeiten, sowie ein Mädchen vorbeigeht, das älter als siebzehn und noch Jungfrau ist.«

Der Papst schaute nach, ob die Hämmer je den Sockel berührt hatten. Lachend kam er zurück und sagte, dass die Schmiede zumindest bis zu diesem Tag kein einziges Mal die Hämmer benutzt hatten.

»Und das wundert mich nicht«, meinte er. »Mir hat einmal eine Äbtissin aus Sizilien gebeichtet und dabei erzählt, dass von den Insassen ihres Nonnenklosters höchstens zwei oder drei Jungfrauen waren. Dabei war es ein großes Kloster mit vielen Nonnen. Das Leben einer Frau ist eben lang, und im Laufe eines langen Lebens bieten sich immer hier und da Möglichkeiten.«

Als wir gerade überlegten, wohin wir uns nun wenden sollen, trat aus dem Warenhaus Stockmann ein Mann, der mir bekannt vorkam, eine lange und magere, traurige Gestalt, die eine abgewetzte Aktentasche bei sich trug. Ich ging zu ihm und fragte ihn, ob er lebte oder tot sei.

Er blieb stehen, war also tot. Plötzlich erkannte ich ihn – es war der Mann, dessen Selbstmord ich im frühen Herbst beobachtet hatte, der, der sich in seiner Wohnung an der Deckenlampe erhängte. Wir begrüßten uns herzlich, und ich machte den traurigen Geist mit dem Papst und mit Hinnermäki bekannt, wobei ich auch erwähnte, wie der Mann sein Leben verloren hatte. Den Papst interessierte vor allem der Moment, als sich der Mann, nachdem sein erster Versuch missglückt war, auf dem Sofa ausgeruht und Kraft gesammelt hatte, um es erneut zu versuchen. Der Papst lobte ihn für seine Hartnäckigkeit.

»Sie sind ein strebsamer Mensch. Die meisten hätten ihre Absicht spätestens in dem Moment aufgegeben, als die Lampe herunterfiel.«

»Hätte ich das nur ebenfalls getan, dann wäre ich noch am Leben. Dieses Dasein nach dem Tod ist alles andere als ein Zuckerlecken, ich bin jetzt genauso deprimiert wie vorher. Und Freunde habe ich hier auch nicht mehr als im Leben.«

Der Papst sagte, dass er sich darüber nicht länger grämen solle. Er forderte ihn auf, sich uns anzuschließen, gemeinsam könnten wir bestimmt allerlei lustige Ideen entwickeln.

Inzwischen hatte Hinnermäki in Erfahrung gebracht, dass im Konservatorium der Sibelius-Akademie ein Bläserkonzert stattfinden sollte, und er schlug vor hinzugehen.

Warum nicht, weder der Papst noch ich hatten etwas dagegen. Auch den Selbstmörder nahmen wir mit.

Wir setzten uns in den zweiten Rang des Konzertsaals. Die hellen Klänge schmeichelten unseren Ohren. Der Papst meinte, die finnischen Bläser seien seiner Meinung nach absolute Weltspitze. Im Vatikan bekomme man so etwas nicht zu hören.

Das Orchester spielte Edvard Griegs *Frühling*, außerdem einen Galopp und Sibelius' *Finlandia*, eine Komposition, die auch der Papst kannte. Das restliche Programm bekamen wir nicht mehr zu hören, da dem Papst einfiel, dass wir ja eigentlich den blonden finnischen Frauen beim Saunieren zuschauen wollten.

Hinnermäki und ich wussten nicht recht, wie wir eine Sauna finden sollten, in der – hoffentlich – nackte Frauen anzutreffen sein würden. Um diese Jahreszeit und an diesem Wochentag, es war weder Sommer noch Samstag, war es zwecklos, in den Saunen der Privatwohnungen nachzuschauen. Wir vermuteten, dass wir am ehesten in einer Hotelsauna fündig würden, aber wir mussten natürlich erst suchen. Wir vereinbarten, dass Hinnermäki die Hotels auf der westlichen Seite der Mannerheimintie übernehmen würde, ich die auf der östlichen. Ich sollte im *Palace* beginnen, Hinnermäki im *Klaus Kurki*. Wir würden uns dann in Haaga in der Sauna der Restaurantfachschule wieder treffen. Den Papst und den Selbstmörder baten wir, so lange zu warten.

Überraschenderweise löste der Selbstmörder unser Problem auf der Stelle. Er wusste, dass an diesem Tag in der Schwimmhalle in der Yrjönkatu Frauenschwimmen war. Und an diesem für die Frauen reservierten Tag wurde dort nackt gebadet. Also nichts wie hin!

Die Badeanstalt in der Yrjönkatu ist eine alte, mit verzierten Kacheln ausgestattete, feierliche Einrichtung. Wir führten den Papst zu einem Aussichtspunkt auf der Höhe der ersten Umkleidekabinen, von wo man das ganze Schwimmbecken und die Eingänge zweier Saunas im Blick hatte. Er betrachtete das grüne Wasser im Becken, musterte die Architektur des Raumes und sagte:

»Diese Einrichtung ist ähnlich prächtig wie ein gewisses Schwimmbad bei uns in Rom; es befindet sich in der Nervenklinik für die Frauen der Oberschicht. Allerdings sind hier weit mehr Frauen.«

Ich konnte mir die Bemerkung nicht verkneifen, dass die Frauen in dieser Halle wahrscheinlich genauso verrückt waren. »Die finnischen Frauen sind eigentlich alle irgendwie verrückt«, sagte ich, wobei ich an Elsa dachte.

Ich zählte, dass im Becken etwa fünfzig nackte Frauen planschten. Größtenteils waren es alte Weiber, nur wenige junge waren darunter. Propst Hinnermäki flüsterte dem Papst ins Ohr:

»Ich bedaure sehr, Eminenz ... Heute scheinen hier besonders viele Frauen mit Krampfadern und Hängebusen zu baden ... Wenn Sie den Anblick nicht ertragen, brechen wir auf, vielleicht können wir Ihnen später irgendwo anmutigere Vertreterinnen unseres Volkes zeigen ... Ich vermute, dass zum Beispiel im Verwaltungsgebäude unseres nationalen Ölkonzerns *Neste* gerade die Repräsentationssauna geheizt wird.«

Mir flüsterte er zu:

»Seit Uolevi Raade in Pension gegangen ist, ist dort die Sauna beinah jeden Abend und jede Nacht in Betrieb. Du kannst dir nicht vorstellen, was sich dort abspielt ...«

Der Papst fand, dass die Frauen in der Halle sich durchaus sehen lassen konnten. Er wies Hinnermäkis Klagen rundweg ab:

»Nur keine falsche Bescheidenheit, Propst! In meinen Augen sehen alle diese Frauen einfach reizend aus. Sehen Sie nur mal diese dort am Beckenrand!«

Auf der gegenüberliegenden Seite des Beckens rekelte sich eine große dicke Frau, ein Bein draußen, das andere im Wasser. Mit der linken Hand kratzte sie sich die Schultern, womöglich hatte sie die Krätze? Die großen Brüste schaukelten im Takt ihrer Kratzbewegungen, der grobschlächtige Körper spiegelte sich an der Wasseroberfläche. Der Papst starrte die Frau gebannt an.

Ihr Anblick ließ Hinnermäki und mich schaudern, sodass

wir lieber die Deckenfliesen betrachteten. Der Selbstmörder schien jedoch munter zu werden. Verstohlen musterte er die anwesenden Frauen. Man sah, dass er zum ersten Mal an einer solchen Stätte war und dass er sich durchaus wohl fühlte. Möglicherweise vergaß er sogar für einen Moment seine Sehnsucht nach dem Leben?

Im Anschluss setzten wir den Stadtrundgang mit einem Besuch im Ateneum fort, wo ich dem Papst die bedeutendsten Arbeiten der finnischen bildenden Künstler zeigte. Kopfnickend betrachtete er sie, er war ein Kunstkenner, und als wir das Museum verließen und auf den Bahnhofsplatz traten, sagte er:

»Es sind sehr vitale Arbeiten. Natürlich sind Einflüsse der niederländischen und – entschuldige – auch aus der italienischen Malerei nicht zu leugnen. Dennoch ist eure Kunst sehr von eurer Natur geprägt, das ist deutlich zu spüren. Besonders gut gefiel mir das Bild, auf dem ein zweiköpfiger Rabe das dicke Buch zerreißt, das ein junges Mädchen in der Hand hält, es ist eine Szene am Meer, erinnert ihr euch? Ich glaubte darin eine gewisse Symbolik zu sehen.«

»Dieses Bild fand seinerzeit in Finnland weite Verbreitung, natürlich als Kunstdruck«, erklärte Hinnermäki.

Der Selbstmörder äußerte schüchtern, aber voll Eifer, dass auch er einen Vorschlag für einen Programmpunkt habe, wenn wir es ihm nicht übel nahmen.

»Und wohin soll es gehen?«, fragten wir ihn.

»Ich möchte euch in die Messehalle führen. Dort finden

heute die Meisterschaften der Provinz Uusimaa im Flugzeugmodellbau statt. Ich habe in jungen Jahren selbst Flugzeugmodelle gebaut und sie vor der Stadt auf den Wiesen fliegen lassen, damals, als ich noch lebte«, erklärte er mit glühenden Wangen.

Der Papst willigte mit Freuden ein. In der Messehalle war der Wettbewerb bereits in vollem Gange. Zierliche, mit Gummimotoren versehene Flugobjekte sausten elegant und souverän durch die große Halle. So kunstvoll und so leicht sie waren, schien es unglaublich, dass sie von Menschenhand gemacht waren. Der Papst sagte begeistert, dass Engel – wenn es sie denn gäbe – wohl ebenso sanft schwebten wie diese Flugzeugmodelle.

Der Selbstmörder hängte sich an die Sprossenwand, die sich in der Halle befand, damit er ganz aus der Nähe zusehen konnte, wie die Modelle ihre kunstvollen Bahnen zogen. In diesem Moment genoss er wirklich sein Leben, wenn man mal so sagen darf, denn eigentlich war er ja tot. Er hätte die Wettkämpfe sicher am liebsten bis zum Schluss verfolgt, doch nach anderthalb Stunden flüsterten Hinnermäki und ich ihm zu, dass es wohl an der Zeit sei, den Stadtrundgang fortzusetzen. Wir fürchteten, dass sich der Papst langweilen könnte, wenn er ganze vier oder fünf Stunden – denn so lange dauerte die Veranstaltung vermutlich – an der Sprossenwand hängen und Flugzeugmodelle beobachten müsste.

Von der Messehalle aus begaben wir uns in die Uspenski-Kathedrale, die den Papst gewaltig beeindruckte. Er bewunderte die Architektur der Kirche, die Sarkophage und besonders die farbenprächtigen Ikonen.

»Gerade diese Pracht ist es, die die griechisch-katholische Kirche uns römischen Katholiken voraushat. Diese Kathedrale ist tatsächlich eine der schönsten, die ich je besucht habe, obwohl sie recht klein ist. Schade nur, dass ihr Finnen vor diese wunderbare Kirche ein so großes und ödes Steinhaus gesetzt habt«, meinte er und zeigte auf das Verwaltungsgebäude der Firma *Enso*, das am Meeresufer stand und fast die ganze Kirche verdeckte. Ich dachte bei mir, dass die großen Unternehmen eben immer machten, was sie wollten, und oft genug war es verdammter Mist. Aber ich hielt den Mund, denn ich wollte in Gegenwart der beiden Kirchenmänner nicht fluchen.

Der kurze Dezembertag neigte sich dem Ende zu, und Dunkelheit setzte ein. Wir gingen zu viert über den verschneiten Marktplatz und überlegten gerade, was wir noch Nettes anstellen konnten, als im Schneegestöber zwei Gestalten auftauchten.

Meine alten Bekannten Sakari Pälsi und Huretta kamen uns entgegen!

Nach der gegenseitigen Vorstellung schlossen sich die beiden uns an. Der Papst fragte Huretta, welches Programm er empfehlen könne, und ehe Pälsi eingreifen konnte, schlug Huretta vor, dass wir uns alle gemeinsam einen dänischen Sexfilm ansehen sollten, der zurzeit nonstop im Kino in der Iso Roobertinkatu lief. Pälsi räusperte sich und wollte das Gespräch auf andere Themen lenken, ja, er schlug sogar vor, das Nationalmuseum zu besuchen, aber der Papst fand Hurettas Vorschlag interessant. Und so verbrachten wir den Rest des Abends damit, uns einen Pornofilm anzusehen. Der Papst, Huretta und der Selbstmörder verfolgten das Geschehen mit glänzenden Augen, wir anderen saßen ein wenig verlegen auf unseren Plätzen. Doch wenn wir zu Beginn noch den Eindruck hatten, etwas Verbotenes zu tun, wich unsere Verlegenheit bald, und als der Streifen schließlich endete, sahen wir ihn uns ohne die geringste Scheu ein zweites Mal an.

Erst in der Nacht begab sich der Papst wieder nach Rom, nachdem wir ihn herzlich verabschiedet hatten. Wir anderen gingen ebenfalls auseinander. Ich stellte fest, dass unser Tagesprogramm den Selbstmörder deutlich aufgemuntert hatte. Zu dem steinzeitlichen Huretta hatte er freundschaftliche Bande geknüpft, und ich hörte, wie dieser ihm von all den hervorragenden Filmen erzählte, die er bereits gesehen hatte und die er seinem neuen Freund sehr empfahl.

Am Ende des interessanten und abwechslungsreichen Tages begleitete ich Propst Hinnermäki zum Friedhof von Malmi, den er allein im Schneesturm und in der nächtlichen Dunkelheit nicht gefunden hätte.

»Das ist ja eine richtige Hexenküche!«, schimpfte der Propst, während wir uns durch den Sturm kämpften.

»Es heißt, in solchen Nächten sind die Geister unterwegs«, ergänzte ich.

30

Unter den Toten kursierte bereits seit dem ersten Adventssonntag das Gerücht, in diesem Jahr zu Weihnachten solle Jesus auf die Erde kommen, der sich meinen Informationen nach für gewöhnlich irgendwo auf dem Jupiter aufhielt.

Da auch in der Geisterwelt viel Unsinn geschwatzt wird, nahm ich diese Reden zunächst nicht für voll, doch kurz vor Weihnachten verdichteten sich die Hinweise auf den hohen Besuch. Eines Tages, als ich mit dem steinzeitlichen Huretta und dem Selbstmörder auf der Esplanade spazieren ging, wo auch wieder Ministerpräsident Cajander anzutreffen war, ritt mich der Teufel, und ich fragte Cajander, ob er etwas von einem Besuch Jesu gehört habe. Cajander sah mich überrascht an, denn für gewöhnlich wurde er auf der Straße nicht angesprochen; er nahm es mir jedoch nicht übel und antwortete:

»Junger Mann, sollten Sie an diesem Ereignis zweifeln, kann ich Ihnen sagen, dass Jesus seinen Geburtstag jedes fünfte Jahr persönlich hier vor Ort zu verkünden pflegt, und nach meinen Berechnungen ist der Zeitpunkt wieder gekommen.«

Ich fragte ihn, ob es für diese Reise wohl eine konkrete Programmplanung gebe und ob es möglich sei, diese berühmte Persönlichkeit irgendwo zu sehen. Cajander erzählte, dass Jesus bei seinem letzten Besuch auf der Erde eine richtige Rede-Tournee absolviert habe, die ihn in die wichtigsten Hauptstädte der Welt geführt habe. Seine treuesten Jünger hätten bereits im beginnenden Herbst zu verstehen gegeben, dass er in diesem Jahr auch Helsinki besuchen werde.

»Vor fünf Jahren sprach er in Stockholm, und somit ging Helsinki leer aus. Diesmal sind wir dran«, erklärte Cajander. »Meines Wissens will er mitten in der Nacht auf dem Senatsplatz sprechen, wahrscheinlich am Tag vor Heiligabend. Solche Veranstaltungen finden meistens nachts statt, damit sie nicht durch Lebende gestört werden.«

Cajander berichtete noch, dass sich Jesus von Helsinki aus wahrscheinlich nach Moskau und Warschau begeben wolle und in den frühen Morgenstunden dann nach Budapest und Prag. In den Ländern des Ostblocks dauerten die Veranstaltungen nicht so lange, denn dort war weniger Publikum zu erwarten als im Westen.

»In Osteuropa gibt es relativ wenig Tote, die an Jesus glauben«, fügte er erklärend hinzu.

Zum Abschied wünschten wir Cajander frohe Weihnachten. Der frühere Ministerpräsident schritt dann weiter zur Nord-Esplanade; er wirkte würdevoll und distanziert und gerade dadurch ein wenig lächerlich.

Der Selbstmörder dachte laut über das eben Gehörte nach: »Ich glaube nicht an das ganze Geschwätz von dem Besuch Jesu in Finnland, ich glaube nicht mal an Jesus selbst. Im Leben war ich eigentlich immer ein ausgesprochener Atheist, und nachdem ich mich erhängt hatte, konnte ich feststellen, dass ich damit gar nicht so falsch lag.«

Das hinderte diesen Ungläubigen aber nicht daran, zusammen mit Huretta am besagten Abend auf den Senatsplatz zu kommen. Ein paar nervöse Apostel waren bereits da, sie richteten auf der Domtreppe den Platz für den Redner ein. Jesus würde von derselben Stelle aus sprechen, an der die Führer der beiden Arbeiterparteien am ersten Mai für gewöhnlich ihre Reden hielten. Auch die Stimmung war ähnlich der einer Massenversammlung der Arbeiter: Geister strömten in dichten Scharen auf den Platz, man unterhielt sich im Stimmengewirr, begrüßte Bekannte. Huretta betrachtete die vieltausendköpfige Menge und sagte:

»Welche Masse von Menschen! Ich habe zu Lebzeiten nie mehr als hundert auf einem Fleck gesehen. Zu meiner Zeit lebten in Finnland nicht mal halb so viele Menschen, wie jetzt hier auf diesem Platz versammelt sind.«

Die Zusammensetzung des Publikums ließ noch einmal all die schrecklichen Prüfungen aufleben, die das finnische Volk durchlitten hatte: Gefallene Soldaten aus den Kriegen, bis hin zum Dreißigjährigen Krieg, kündeten von einer blutigen Geschichte, und die vielen Verhungerten aus dem neunzehnten Jahrhundert verdeutlichten das damals dieses Land beherrschende Elend. Arme Krüppel aus dem Mittelalter bildeten ihre eigene kleine Gruppe auf der Höhe der Universitätsbibliothek, und die im letzten Krieg gefallenen Veteranen waren eine große graue Masse, die mich zu Tränen rührte, denn viele von ihnen hatten Gliedmaßen eingebüßt, einige hatten nicht mal mehr einen Kopf.

Unruhig wurde diskutiert, ob Jesus wirklich komme. Einige hegten starke Zweifel und wandten ein, dass es keinerlei gesicherte Erkenntnisse über seinen Besuch gebe. Doch auch sie entschlossen sich nicht, den Senatsplatz zu verlassen.

Als Jesus schließlich tatsächlich erschien, wurde es mit einem Schlag still auf dem Platz. Er stieg auf die Domtreppe und sagte etwas zu den Aposteln, die um ihn herumwuselten und von denen ich, dem Aussehen nach, zumindest Markus und Lukas zu erkennen glaubte. Jesus selbst blieb gelassen, man sah, dass er gewohnt war, vor großem Publikum aufzutreten.

Das Aussehen Jesu beeindruckte mich, da es kaum dem Bild entsprach, das die Menschen sich von ihm machen. Er war ziemlich klein, um die dreißig, und sein Bart war eher spärlich. Er hatte eine kühne Adlernase, ein schmales, zartes Gesicht und trug das Haar gerade und halblang. Bekleidet war er mit einem gewöhnlichen Umhang, und die Füße steckten in zerrissenen Sandalen. Als ich ihn da im strengen Frost auf den schneebedeckten Steinstufen stehen sah, musste ich unwillkürlich denken, dass er sich, wenn er gelebt hätte, wahrscheinlich zu Tode erkältet hätte. Eine Dornenkrone entdeckte ich nicht auf seinem Kopf, vielleicht hatte er sie irgendwo vergessen. Jesus bewegte sich kraftvoll und geschmeidig, auch flink. Wenn er mit seinen Gehilfen sprach, unterstrich er seine Worte mit lebhaften Gesten. Anscheinend scherzte er, denn immer wieder brandete in seiner unmittelbaren

Umgebung Gelächter auf, und auch er selbst zeigte hin und wieder ein sanftes Lächeln. An allem war zu erkennen, dass er guter Laune war.
Das Publikum auf dem Platz begann zu singen. Jesus lauschte dem Lied schweigend, wobei er hoch aufgerichtet auf den Stufen stand. Er hatte das Charisma eines Volksführers. Obwohl er wesentlich kleiner und schmaler war als die Apostel, die ihn umgaben, blieben dem Zuschauer keine Zweifel, wer in der Gruppe der Chef war. Ich versuchte den Text des Liedes, das das Volk zur Begrüßung Jesu sang, zu verstehen:

> Jesu, meine Freude,
> meines Herzens Weide,
> Jesu, meine Zier,
> ach wie lang, ach lange
> ist dem Herzen bange
> und verlangt nach dir!

Mächtig schallte der Gesang über den nächtlichen Senatsplatz. Jesus lauschte reglos bis zum Ende des Liedes und verbeugte sich dann leicht vor seinem riesigen Publikum. In die tausende, ja, zigtausende von Toten kam Bewegung, und sie ließen Jesus drei Mal hochleben. Aus dem Mund bereits Verstorbener klang das ein bisschen seltsam, aber immer noch besser, als wenn sie seinen Tod bejubelt hätten.
Jesus hob die Hände, das Publikum verstummte. Die Rede begann.

»Liebe Freunde! Morgen ist mein Geburtstag, und deshalb bin ich gekommen, um euch zu begrüßen. Ich freue mich, dass ihr so zahlreich erschienen seid, um mich anzuhören. Ich danke euch herzlich dafür, dass ihr mich zu meinem Ehrentag beglückwünschen wollt. Ich bin jetzt über zweitausend Jahre alt, und davon habe ich die ersten einunddreißig Jahre …«

In diesem Moment torkelte, aus Richtung des Restaurants *Savanna* kommend, ein betrunkener Lebender auf den Platz, ein riesiger Kerl, der laut grölte:

»Ach wie flüchtig, ach wie nichtig
ist der Menschen Leben …«

Alle waren von der Störung unangenehm berührt. Der Betrunkene ahnte natürlich nicht, dass er gerade mitten durch ein großes Publikum ging. Jesus hörte auf zu sprechen und spähte in die Richtung, aus der sich der Betrunkene näherte. Uns Toten war der Auftritt des Mannes peinlich, obwohl es in Finnland nicht selten ist, dass bei einer feierlichen Veranstaltung ein Störenfried auftaucht … Sogar bei der Eröffnung der Olympischen Spiele von Helsinki im Jahre 1952 kam es zu einem Skandal, als irgendeine Verrückte zum Rednerpult rannte, um ihre Ideen zu verkünden. Dabei sprach sie wenigstens vom Frieden, aber dieser betrunkene Kerl entweihte gerade ein Kirchenlied.

»Ach wie flüchtig, ach wie nichtig
ist der Menschen Leben …«

Jesus zeigte jedoch Verständnis. Er ließ den Mann ganz

ruhig die Domkirche passieren und tadelte in keiner Weise sein Benehmen – was bei einem Betrunkenen wahrscheinlich eh auf taube Ohren gestoßen wäre, zumal er, wenigstens vorläufig, noch lebte.

Die Toten machten ihm Platz. In der dicht gedrängten Schar bildete sich eine Gasse, durch die der Rüpel stolperte. Er brauchte seine Zeit, schließlich aber verschwand er um die südwestliche Ecke des Platzes und bog in die Aleksanterinkatu ein.

Nachdem das Gegröle des Betrunkenen verstummt war, setzte Jesus seine unterbrochene Rede fort:

»Da ging unser Bruder hin auf seinem irdischen Weg … Allzu leicht vergeuden die Menschen ihr Leben so wie dieser arme Mann, der sich dem Trunk ergab. Aber hüten wir uns, ihn zu verurteilen! Der Mann hat den Wein gewählt, weil er wahrscheinlich nichts Besseres kennt.«

Der Selbstmörder neben mir starrte Jesus fasziniert an. Er flüsterte mir zu:

»Es scheint, dass der Mann wirklich Jesus ist. Ich hätte nie gedacht, dass ich dieses Wunder einmal erlebe!«

»Du meinst sicher, du hättest nie gedacht, dass du stirbst und dieses Wunder siehst«, sagte ich säuerlich zu dem Atheisten. Der stellte weitere Überlegungen an:

»Dabei ist es eigentlich ganz logisch. Jesus war eine historische Person, ein Mensch, der einst gelebt hat. In der Bibel steckt wohl viel Wahres, das muss man zugeben, wenn man das hier mit eigenen Augen sieht«, sagte er, immer noch staunend.

Jesus war ein ausgezeichneter Redner. Er verstärkte den Effekt seiner Worte durch Humor, wenn er zum Beispiel sagte:
»Diese Veranstaltung ist allein deswegen schon eine Freude für mich, als ihr alle tot seid. Ich erinnere mich, wie ich einst, zu Zeiten Israels, zu einer großen Volksmasse sprach. Das Volk war jedoch sehr hungrig und wollte mir nicht zuhören, ich musste es erst speisen. Zufällig hatte ich Zugriff auf große Mengen Brot und Fisch und ließ diese durch meine Jünger an die Leute verteilen. Jeder bekam fünf Brote und zwei Fische, das war sehr viel zu jener Zeit. Als sich die Leute satt gegessen hatten, lauschten sie mir aufmerksam und glaubten auch meinen Worten. Der Weg ins Herz des Volkes führt nämlich durch den Magen, so sagt man scherzhaft. Ihr jedoch kennt keinen Hunger, und deswegen macht es nichts, dass ich weder Brot noch Fisch für euch habe.«
Die Leute jubelten. Jesus wartete, bis sich der Beifall gelegt hatte und es auf dem Platz wieder still geworden war. Dann fuhr er in seiner Rede fort, die warmherzig und freundlich war. Ich muss sagen, dass man nicht oft in seinem Leben Gelegenheit hat, so deutliche und anregende Worte zu hören. Es ist kein Wunder, dass der christliche Glaube überall auf der Welt so viele Anhänger hat.
Jesus sprach über die Pflichten der Toten. Er betonte die Bedeutung der freiwilligen Reue. Dann warnte er uns davor, unser gegenwärtiges Dasein mit Nichtigkeiten und Langeweile zu vertun, und forderte uns auf, den frisch Ver-

storbenen bei ihren ersten Schritten im Jenseits zu helfen. Vor allem sollten wir freundlich zu den Kindern sein, die oftmals ganz unvorbereitet zu uns kamen. Auch sollten wir hässliche, mit langsamem Verstand oder mit anderen Mängeln behaftete Geister nicht zurückweisen. Wir sollten ihnen etwas von der Zeit opfern, die einem jeden von uns gegeben war.

Diese schöne Rede bewegte mich sehr. Als Jesus zum Abschluss seine Hände über uns erhob, als wolle er uns alle segnen, fielen viele, darunter ich, auf dem schneebedeckten Platz auf die Knie.

Und während ich da kniete, sah ich vor mir ein wohlgeformtes weibliches Hinterteil, das nur von einem dünnen Nachtgewand bedeckt war – es fehlte nicht viel, und die nackte Haut wäre zu sehen gewesen. Verwundert überlegte ich, wo ich diesen Pyjama schon gesehen hatte, er kam mir irgendwie bekannt vor. Ich beobachtete die Frau, und als sie ein wenig den Kopf drehte, durchzuckte es mich: Es war Elsa, die da genau wie ich vor Jesus niedergekniet war!

Ich flüsterte Huretta und dem Selbstmörder zu, dass ich sie jetzt allein lassen müsse, bat sie, Propst Hinnermäki und dem Papst Weihnachtsgrüße zu überbringen, und dann stürzte ich los, um Elsa zu begrüßen.

Sie erkannte mich sofort und flog mir an den Hals. Mir stieg ein Kloß in die Kehle: Elsa mochte mich also doch, trotz allem! Wie glücklich fühlte ich mich! Ich stammelte ihr ins Ohr, dass wir sofort von hier weggehen sollten,

denn ich wollte mit ihr allein sein. Elsa wehrte jedoch verlegen ab:
»Lass uns noch einen Augenblick bleiben … Jesus hat so schön gesprochen, fand ich.«
Aber ich war so froh über die Begegnung, dass ich Elsa mit mir zog. Sie folgte mir dann auch willig und gestand, während wir die Mariankatu entlanggingen:
»Ich hatte solche Sehnsucht nach dir, Liebster … Ich habe dich überall gesucht, aber hier sind so schrecklich viele Tote, dass man niemanden findet … und anrufen konnte ich ja nicht …«
Sie erzählte, dass sie ihren überstürzten Aufbruch gleich unterwegs bereut hatte, aber als sie noch einmal umgekehrt war, hatte sie mich auf dem Mond nicht mehr gefunden.
»Dort waren nur irgendwelche Astronauten, die sich gegenseitig lobten.«
Wir gingen ans Meer, schauten auf das eisige Wasser und redeten nicht viel. Wir waren glücklich und versprachen uns, von nun an zusammenzuhalten. Nichts sollte uns mehr trennen! Ich hätte Elsa gern umarmt, doch ist ein Geist dazu nicht fähig. Sei's drum! Liebe braucht keinen menschlichen Körper, sie lebt auch ohne ihn. Liebe ist Glück, das auch ein Toter fühlen kann.

31

Am Heiligen Abend eilten Elsa und ich auf den Friedhof von Malmi, um Propst Hinnermäki zu begrüßen und ihm zu erzählen, dass wir uns wiedergefunden hatten und uns nie mehr trennen würden.

Es schneite leise, und wir sahen den Propst über einen der frisch gepflügten Wege schreiten. Hier und da flackerten Kerzen, die die Angehörigen auf den Gräbern ihrer Lieben entzündet hatten. Mein Grab war mit Schnee bedeckt, aus dem traurig der Stängel einer vertrockneten Schnittblume ragte. Keine einzige frische Fußspur war neben dem Hügel im Schnee zu sehen. Man ließ mich tatsächlich in Frieden ruhen, nicht mal zu Weihnachten wurde eine Kerze aufgestellt!

Nach der Art eines höflichen Mannes beglückwünschte uns Hinnermäki zu unserer Freundschaft, wie er unsere Beziehung nannte. Da Elsa ihm zum ersten Mal begegnete, hatte sie ein wenig Scheu vor dem alten Herrn. Doch die Stimmung lockerte sich, als der Propst schmunzelnd sagte, dass er, wenn wir alle noch lebten, Elsa und mich mit Freuden trauen würde. Unter den gegenwärtigen Umständen aber begnüge er sich damit, seine Freude darüber kundzutun, dass wir uns wiedergefunden hatten.

Wir unterhielten uns über Jesu Rede vom Vortag, die der Propst ebenfalls gehört hatte, und wir waren uns alle darin einig, dass er hervorragend gesprochen hatte und ein beeindruckender Mann war.

»Es hat sich wirklich gelohnt, hinzugehen«, fand der

Propst. »Jesus wirkte außerordentlich jung, obwohl er schon fast zweitausend Jahre tot ist. Wo mag wohl Maria, seine Mutter, heute sein?«, fügte er gedankenverloren hinzu, woraufhin ich mir die Frage nach Jesu Erzeuger nicht verkneifen konnte, über den es ja keine eindeutigen Erkenntnisse gab.

Vorsichtshalber ließen wir dieses Thema, das gerade zu Weihnachten ein wenig heikel war, auf sich beruhen. Ich erkundigte mich, wo Hinnermäki das Fest verbringen wollte, und er sagte, dass er sich wie stets auf dem Friedhof aufhalten werde.

»Heiligabend werde ich hier sein, aber am ersten Feiertag besuche ich den Friedhof von Hietaniemi. Am zweiten Feiertag bleibt mir dann vielleicht Zeit für einen Ausflug nach Honkanummi, mal sehen. Diese Friedhöfe sind gerade zu Weihnachten besonders schön. Wenn kein starker Wind herrscht, brennen die Kerzen, die die Leute aufgestellt haben, die ganze Nacht hindurch, das wirkt außerordentlich feierlich. Gelegentlich tauchen auch ein paar Tote auf, sodass es eigentlich nie an Gesprächspartnern fehlt, falls mir die Zeit lang werden sollte«, erzählte der Propst. »Wo sollte es einen so alten Geist wie mich auch an Weihnachten hinführen, wenn nicht zu den vertrauten Stätten«, ergänzte er halb an sich selbst gerichtet. Dann erkundigte er sich, was wir beide vorhatten.

Elsa und ich hatten verabredet, dass wir mein kleines altes Mütterchen im Norden aufsuchen wollten, was sie dem Propst berichtete:

»Wir gehen zu ihr, um sie mithilfe von Träumen in Weihnachtsstimmung zu versetzen. Sie wohnt doch ganz allein in ihrem Häuschen, nur ihr alter Hund ist bei ihr.«

Am selben Abend erreichten Elsa und ich das verschneite und kalte lappländische Dorf. Wir begaben uns in das Häuschen der Alten, die dort herumwirtschaftete und sich ein kleines Weihnachtsessen zubereitete. Der Backofen glühte und strömte gemütliche Wärme aus, die Fensterscheiben waren abgetaut, und an der Decke hing Weihnachtsschmuck aus Stroh, der sich in der warmen Luft drehte. Der alte, zottige Hund lag mit halb geschlossenen Augen vor dem Backofen und regte sich nur ab und zu, um mit den Zähnen nach einem Floh in seinem Fell zu schnappen und um so breit zu gähnen, dass die ganze geschwärzte Zahnreihe in seiner faltigen Schnauze sichtbar wurde. Hin und wieder sprach die Alte mit ihm, und er hörte schläfrig und zerstreut zu, wobei er gelegentlich faul mit dem Schwanz wedelte, um zu zeigen, dass er mehr oder weniger am Gespräch teilnahm.

Die Alte hatte sich eine kleine Fichte im Wald geschlagen, die sie jetzt zum Auftauen hereinholte. Dann stieg sie auf den Dachboden ihrer Hütte, um nach dem Fuß zu suchen. Im schwankenden Schein ihrer Taschenlampe kam sie an einer alten Truhe vorbei, blieb stehen und öffnete den Deckel. Sie nahm einen Stapel Briefe heraus, der mit einer Schleife zusammengebunden war. Tief in Gedanken löste sie die Schleife und blätterte in dem Stapel. Es war Feldpost, und der Absender war ihr Mann, der offensichtlich im Krieg geblieben war, denn die letzten Briefe stammten von 1943. Die Alte band die Briefe wieder mit der Schleife zusammen und legte sie in die Truhe. Lesen konnte sie sie wegen ihrer schlechten Augen nicht mehr, das wusste ich noch von meinem letzten Besuch. Aber sie erinnerte sich bestimmt genau daran, was ihr lieber Mann ihr geschrieben hatte.

Als sie den Fuß für ihren Weihnachtsbaum gefunden hatte, stieg sie wieder nach unten. Traurig setzte sie sich auf die Bank und tat eine Weile gar nichts, saß nur da und starrte den Fuß an. Der Hund kam zu ihr, legte seine Schnauze in ihren Schoß und schloss die Augen. Sie kraulte ihn, er wedelte mit dem Schwanz und winselte zufrieden.

Die Alte schmückte den Baum mit einem Stern, den sie auf die Spitze setzte, und mit fünf schlanken Kerzen. Mehr Schmuck wagte sie nicht anzubringen, damit der Baum nur ja nicht zu weltlich aussah.

Elsa und ich saßen in der Ecke der Stube auf dem Bettrand und beobachteten die Alte und ihren Hund, wobei wir einander immer wieder in die Augen sahen. Leise flüsternd entwarfen wir den passenden Weihnachtstraum für die arme Frau. Elsa fand, wir sollten sie von einer schönen und festlich geschmückten Kirche träumen lassen. Dann kam ich auf die Idee, ein regelrechtes Drehbuch zu verfassen: Wir würden das Mütterchen in einen Schlitten setzen und in prächtige Decken hüllen, anschließend einen Traber davorspannen und den Schlitten von einem Kutscher durch verschneite Felder ins Kirchdorf und bis vor die Kirche lenken lassen. Dort würde sie alte Bekannte treffen und mit ihnen plaudern. Und der Gottesdienst selbst würde ganz wunderbar sein. Ich entwarf alles bis aufs i-Tüpfelchen, und für alle Fälle dachten wir uns noch einige weitere Weihnachtsträume aus, falls wir den Eindruck hätten, dass das Mütterchen nach der Heimkehr aus der Kirche weiterträumen wollte.

Im Backofen hatte die Alte einen Steckrübenauflauf bereitet, den sie jetzt herausnahm und der die ganze Stube mit herrlichem Duft erfüllte. Sie hatte auch ein paar Scheiben Schinken gekauft, die sie schon vorher in der Pfanne gebraten hatte. Die Vorspeise bestand aus einer beträchtlichen Menge geräucherter Heringe, die auf einer Untertasse bereitlagen. Nun goss sie Buttermilch aus der Plastikflasche in eine Kanne, und dann deckte sie den Tisch, auf dem eine weiße Weihnachtsdecke lag, die am Rand mit roten Tannenzapfen bestickt war. Stockfisch gab es beim Weihnachtsmahl des Mütterchens nicht, aber sie legte sich ein paar Scheiben gesalzener Maräne aufs Brot, obwohl der Arzt sie vor dem Verzehr salzhaltiger Nahrung gewarnt hatte. Immerhin war Weihnachten, und sie hatte außerdem großen Hunger. Zur Vervollständigung ihrer Tafel setzte sie noch eine Schale mit rotbackigen Äpfeln ans Tischende.

Rasch stellte sie den Kaffeekessel auf den Herd, und dann begann sie mit ihrer Mahlzeit. Sie faltete ihre knochigen kleinen Hände und sprach lautlos ein Tischgebet, bevor sie endlich ihr Festmahl genoss. Der Hund erwachte, kam zu der Alten und wedelte erwartungsvoll mit dem Schwanz, wobei er sie mit seinen wässrigen Augen ansah. Sie stand auf, holte einen tiefen Teller aus dem Geschirrschrank, tat ein wenig Schinken und geräucherten Hering drauf und sagte zu ihrem Hund:

»Rekku, komm und iss mit mir. Setz dich hier neben mich.«

Der Hund traute seinen Ohren nicht – sollte er sich tatsächlich richtig auf die Bank setzen? Dann jedoch sprang er hinauf, sah die Alte noch einmal ungläubig an, und da sie ihn nicht wegjagte, blieb er sitzen. Sie nickte ihm zu, und vorsichtig begann er die Delikatessen vom Teller zu schlecken. Dabei hütete er sich zu schlingen, damit das Tischtuch nicht schmutzig wurde und sein Frauchen ihn womöglich ausschimpfte. Ab und zu schaute er sie an und wedelte zufrieden mit dem Schwanz.

Zum Abschluss der Mahlzeit trank die Alte zwei Tassen Kaffee und goss dem Hund fast eine ganze Tetrapackung dicker Sahne auf den Teller. Er schleckte die Leckerei genüsslich, dann sprang er von der Bank und lief zu seinem Platz vor dem Ofen. Die Alte räumte das wenige Geschirr vom Tisch, wusch es und trocknete es ab, dann zündete sie die Kerzen am Baum an und setzte sich in den Schaukelstuhl.

Als die Kerzen zu einem Drittel heruntergebrannt waren, blies die Alte sie aus. Sie entkleidete sich, zog ihren verschlissenen Pyjama an und cremte das runzelige Gesicht und die Hände mit Vaseline ein, bevor sie sich ins Bett legte. Der Hund schlief bereits auf seinem Platz vor dem Ofen, und als das Licht in der Stube erlosch, lauschten Elsa und ich zunächst still. Schließlich traten wir zu der Alten ans Bett und führten sie in die Weihnachtskirche, in der herrliche Orgelmusik erklang. Die Alte genoss den Gottesdienst so sehr, dass ihr im Traum die Tränen über die Wangen liefen.

Nachdem wir die Alte wieder aus der Kirche heimgebracht hatten und sie ruhig und glücklich schlief, bescherten wir auch ihrem Hund noch einen munteren Weihnachtstraum: Er durfte ins Nachbardorf laufen, wo eine läufige Hündin wartete, und auf dem Rückweg ließen wir ihn im Schnee frische Hasenspuren finden. Seine Hinterbeine zuckten im Schlaf.

Dann begaben auch Elsa und ich uns für den Rest der Nacht zur Ruhe. Und das taten wir mit einem wirklich guten Gefühl.